太阳的光线
被我搓得柔软

王建新 著

长江出版传媒 | 长江文艺出版社

王建新

笔名剑心，1954年5月5日生于杭州，满族，祖上属正白旗人。
20世纪80年代初开始写诗，1986年加入杭州市作家协会。
1987年与梁晓明、刘翔等创建"北回归线"诗群，为1988年第
一期《北回归线》先锋诗歌民刊的主编和出资人，《中国先锋
诗歌："北回归线"三十年》诗文集的编委之一。2018年3月
9日上午10时，在杭州因突发心脏病抢救无效，不幸逝世。

2017年5月，剑心(前排右五)和"北回归线"部分同仁在富春江畔采风合影

前言

　　给剑心兄编选一本诗集是一件既伤感又欣慰的事,伤感的是因为一转眼剑心离开我们已经一年多了,尽管此刻我是尽力还原着他生前的种种音容笑貌,但我知道这一切是徒劳的。因为这一切并不能使他的生命从他留下的诗句里活转过来,从而重新走进他最挚爱的诗歌;欣慰的是他生前一直想出版一本个人诗集的夙愿,今天终于由"北回归线"诗群同仁众筹替他完成了。

　　一定要给自己好好编选和出版一本诗集。这是活着时的剑心经常念叨和勉励自己的一句话,也是从二十世纪七十年代就开始诗歌创作的他的一生最大的愿望。

　　出版一本诗集,于他这样一个写作多年的人来讲并不是件难事。之所以拖下来,在我看来还是同他的谦逊和对自己作品严格要求分不开的,剑心是"北回归线"年龄最大的成员之一,生前一贯的谦虚、和善和助人,于诗歌创作则始终葆有秉持初心和努力奋发的低调姿态。如果剑心今天还活着,他原本也是计划今年由长江文艺出版社给自己出一本诗集。这件事我是清楚的,因为他生前一直委托我和长江文艺出版社联系着出书的相关事宜。只是想不到人算抵不过天命,剑心猝然的离世,使他生前看到自己诗集出版的愿望彻底落空,这不能不说是一件极其令人心痛和遗憾的事情。

剑心的离去是"北回归线"诗群的重大损失。作为"北回归线"的老大哥,同仁无法忘却1988年《北回归线》民刊初创之时,是他从并不富裕的积蓄里拿出1000元,支持梁晓明的创意,出版了《北回归线》创刊号,从此才有了今天"北回归线"诗群这棵根深叶茂的大树。在他逝世一周年之际,"北回归线"同仁更加怀念这位为人仁厚、诗艺日趋精进的兄长,决心共同为他出一本纪念诗文集。

这本纪念诗文集的文稿收集和编选工作承蒙"北回归线"同仁的厚爱,由我负责完成。在此,我也感谢同仁们对我的信任。

说心里话,作为剑心生命里最后几年交往最多的朋友之一,我也完全有义务、有责任去完成剑心生前就想出一本个人诗集的夙愿。

在搜集和整理剑心的诗歌文稿时,我选择了剑心2012年重新回归诗歌创作的大部分作品,这也是他近年诗艺走向成熟的最好作品。对剑心诗歌的评论,在这本集子里"北回归线"同仁有较多阐述,我在这里就不展开了。

总之,编选中重新读剑心的诗稿,许多诗句给我带来极大震撼,尤其对生命和生死的感悟,他似乎一直有一种先知般的预感,就像他在《当他抵达另一个世界》所言:"当他抵达另一个世界 / 多余的眼泪只会让感情的镜子 / 变得模糊 / 他已无需哭声和悼词 / 也无所谓坟茔和碑文的对话 / 他用一缕青烟 / 就诠释了生命的全部的意义"。他怕说得不够明白和透彻,又在结尾补充道:"可我早有准备 / 我已为自己来日抵达另一个世界 / 不再走冤枉路 / 点上了一盏长明灯"。

关于本书的命名,我选择再三,又和梁晓明商量,最后共同决定选择剑心一首诗的诗名"太阳的光线被我搓得柔软"作为本书的书名，从中我们可再一次体会到剑心生前对生命和生活的无限热爱！

最后再次感谢剑心家人的支持；感谢"北回归线"诗群同仁的慷慨付出和信任；感谢刘翔先生受托主持筹款，梁晓明、方跃先生的热心帮助，邹晏女士的部分文稿资料收集。正是你们共同的努力和支持，终于促成了本书的顺利出版。

诗人剑心，安息吧！

帕瓦龙

2019 年 4 月 28 日

目 录

附录2　　"北回归线"诗群同仁众筹名单

第一辑

剑心的诗

握手

冰冷的手从冰冷中醒来
它模仿我离逝的手掌
让我体面地露出完整的手臂
至少能做出常人一样的姿势

僵硬的手掌，没有关节
连藕断丝连的神经也没有
我的手臂和我的手掌
一直隔岸相望

这只手掌中的赝品
曾无数次想走进握手的行列
因为怕被识破
也无数次逃回我的袖管

它对握手已经非常生疏
与陌生的手掌相握
往往被冰凉的陌生

生生排斥

每当夜晚，我会想起
我那双曾经手指飞扬的手掌
我凝望着这双假手
感叹，它给我带来某种尊严

白鸟

这鸟岛　是它们的天堂

为了天堂的荣誉

它们对自由　有着天生的敏感

当横空出世

它们那对有力的翅膀

永远是捍卫自由的武器

天空挣扎着黑暗

它是一道　猝然逸走的银光

每一次飞翔　幽暗

总会在它羽翅的边沿逃离

它站在岩石的立场

看一朵朵浪花　为它开放

在塞班岛北部　一座孤独的鸟岛

那片深蓝的海

始终坚定地站在它的一边

2017 年 3 月 20 日

白日和黑夜是一对跳着伦巴的舞者

黎明时，看它轻轻地吹奏起一道霞

光，从鱼肚白宽阔的腹部划过，

仿佛每个鳞片，都是登场的暗示，

纷纷飘向夜的眼睛，

白日的手，绕过黑夜乌黑的发顶

于是，星辰散尽

我，正陶醉在这梦幻里，不

承想，一轮红日，

正缓缓，从云朵的门后出来，踏着

热情的步子，走入空中的舞台。

然而，斗转星移，黄昏踩着落日的节奏，

很快就陶醉在，晚霞的余晖里，

夕阳绅士般地转身，旋动起夜色飘逸的

裙裾，被挂在了上弦月。

白天和黑夜

在我看来，白天和黑夜，从来不是
一对死敌，它们的疆界，从不设防，
而且，白天和黑夜，犹如情同手足的
同胞，相互包容，
你会发现，阳光总会在它的背后，留出
空间，让黑暗的影子歇脚；
一到了晚上，黑夜也常常把星光涂抹在
脸上，让月亮端坐怀里；
它们亦如夫妻，相敬如宾，你给了我一个最长
白天的夏至，我就还你一个最长黑夜的冬至；
它们更是举案齐眉，把一个没有裂缝的一天，
恭敬地给了无常的岁月。

不共戴天

这世间　乱象丛生
总有一个陷阱为你而准备
过往的经验告诉我
营造一个与人为善的巢穴
让再多的不懑　不平　不愿
甘心地歇息

骨气从来不是拿来放屁的
我宁可去触碰星星
让它们坠向明天的太阳
我也宁可
像疾恶如仇般地咬文嚼字
让它们烂于腹中　也不会
轻易与人不共戴天

如果有那么一天
我将以江湖的颜色还给江湖
要么为了生前的决裂
要么为了死后的永别

当他抵达另一个世界

夜已很深　没有星星

窗外　运河死寂沉沉

只有对岸萤火般微弱的灯光

在幽暗的河面上晃动

仿佛死神眨着的鬼眼

有一艘驳船缓缓驶来

他低沉的喘息

像一个行将就木的老人

夜更深了　星星

依然没有出现

这黑幕般的屏障

犹如生命的底层　无法逾越

而时针像盾构机的利爪

将生命一点点掏空

并挖出通往死亡的隧道

当他抵达另一个世界

多余的眼泪　只会让感情的镜子

变得模糊

他已无需哭声和悼词

也无所谓坟茔和碑文的对话

他用一缕青烟

就诠释了生命的全部的意义

他单方面解除了

与这尘世的契约

所有的违约金　正好是他

抵达另一个世界的单程车票

而这里的天空　尽管灰暗

但　太阳照常每天升起

只有乌云愚蠢地去掩耳盗铃

虽然　他在那头　我在这头

可我早有准备

我已为自己来日抵达另一个世界

不再走冤枉路

点上了一盏长明灯

太阳的光线被我搓得柔软

我梳理着太阳的光线
我把它捋成一把扫帚
所有晦涩的日子，都会被我
打扫得不留痕迹

我还把光线搓成柔软的绸条
把它做成一排琵琶纽扣
缀在明亮和阴暗的对襟处
让生命的旗袍不再阴差阳错

尤其，我喜欢把光线
扎成太上老君的拂尘
让形影不离的阴影
都魂不附体

在我的手掌
光线不再直来直去
它会拐弯抹角，没有盲点

它到过的角落

都会变得窗明几净

我渴望把光线捏成一朵太阳花

把它戴在胸前

离我心脏最近的地方

灯

天已经黑了　屋里显得格外昏暗
我照例去打开那盏台灯
每当此时　那是它最兴奋的时候
而我的书桌又会露出真容
但今天它却如此静默　没有反应
四壁依然隐没在一片黑暗中
原来是线路出了问题
灯和我一样　只有无助地等待

远处灯火通明　歌舞城的霓虹灯
又眨起了狡黠的眼睛
我忽然想到　再明亮的灯
没有电　还不是一具
被墨色戏弄的躯壳
而一旦通电　再丑的灯
也会让黑暗蛰伏

灯塔

在孤岛上
你矗立成一把利剑
每次亮剑
你都戳痛夜的神经

被撕裂的黑暗
留下硕大的窟窿
海的皮肤　因为你
才有了律动的光亮

你是倒映在海里的星星
在星星眼里　你更像是异类
而在我的眼里
你就是我前行的勇气

等

有一种更好的行动

比如　等

她匍匐在我渴望的边缘

窥探我的心事

在期待的日子里

我慢慢喂养着耐心

唯有这样　等的结果才有着落

惆怅肯定会有

在没有争议的天气

一双发呆的眼睛

让天花板变得麻木

而接下来　时间局促的双手

往往会把不眠之夜点亮

我仰望你模糊的身影

我的热血涤荡我内心的灰尘

那是我为自己

留下不后悔的净地

我知道　我的牙齿是用来咀嚼

但也用来迎接果实

在此之前　我只有先把牙关咬紧

2017 年 7 月 16 日

等待

等待是在事物出现的间隙里
一条我无法进入的甬道
它深邃而空洞
那里四处灰暗　挂满悬念

时间畏缩着　慵懒地把守着入口
时针也迟迟不肯收起栅栏
我只有静静地坐在分秒之间
去聆听甬道那头　是否有
一道破门而入的声音响起

等待是道难咽的美食
它让我在无助的饥渴中
让心口品尝到涩的滋味

2014 年 3 月 6 日

东梓关村落

眼前　又一拨簇新的村落

在田野边　接受阳光的召见

它们白墙黛瓦的肌肤下

多了一副钢筋水泥的骨架

虽然　少了一些雕梁画栋的阴柔

却依然保持了风火墙古朴的血脉

曲面的房顶形成的屋檐

是庙凸头古塔延伸的发际线

漫过村头八百年的古樟

它们头顶的犄角长成了千年的模样

最初的村落　可能散落在书里

但它一定刻在了东梓关的记忆深处

一千五百多年来

几经沧桑　花开花落

让岁月淘尽的最后一块瓦片

残留在越古庙的脸上

大长塘　洗涤了多少

东梓关古老的尘埃

它平静的水面

给安雅堂里带去无数的安慰

古朴高大的马头墙　一脸的倦容

所有的乡愁都在和郁达夫诉说

连张绍富走过的石板

也已松口　讲述它的秘密

古老的村落已停下远去的脚步

一个你滋养的新居正在长大

那就让它们用最稚嫩的嘴

替你去述说东梓关最古老的故事

读《死亡八首》

——致梁晓明

在我看来

生命　像一群被监管的囚徒

谁先出去　谁就被死亡接走

在你身体的牢房里

你的生命从不想减刑

虽然　死亡随时想

"无声无息，却又那么触目惊心"地前来探监

甚至想撕开你的身体

让生命越狱

但　你"用一生的学问，成绩和生长的力量"

让死亡在你"健康的阳光"下

望而却步

只能"悄悄默默地站在一米开外"

而在你看来　死亡

更像一个我们灵魂的接生婆

不到灵魂分娩的时候

死亡不会现身

你让我看到　你灵魂的胎儿

在你命运的子宫里

被你的"泪水、微笑、智慧的语言"

催生成了诗歌

你的灵魂上长满了诗歌的细胞

哪怕有一天

你灵魂真的出窍

她也是带着"头脑的光芒"

让死亡　在死亡中死亡

而你的灵魂一定带着诗歌

在"许多脑袋里一起飘飞"！

读伤水《浮路》有感

多年积攒的落叶

给小小的山路　铺上了

一层厚厚的"绒毯"

既说明这条路　人迹稀少

也证明这条路　枝繁叶茂

而且　每当这个季节来临之际

这些落叶　前赴后继地扑向地面

最早"牺牲"的虽已腐烂

但终究未被山雨冲走

它们融入大地　和泥土化为一体

你虽说它可有可无

其实你最清楚　要么有要么无

无　是实路；有　才是浮路

这条路你再熟悉不过了

你已无数次走过

你抛弃所有其他的路径

专拣这条会让你浮想联翩的小路

是因为　它可以让你下坡时

有"不由自主的推力"

使你像刹不住而自由移动的事物

虽然　每次你

"很想在浮叶上坐下来"

但　之所以你一次也没坐过

也是因为这条路

远看是若隐　落叶接近土色

近看才若现　落叶堆成浮路

让你空忍"坐视不管"

毕竟　这条让你产生"浮力"的路

是通往你祖父亡陵

以及你父母生墓的必经之路

你多么希望也有这么一条浮路

出现在深林里你的安身之处

到那时　你很想坐在浮叶上

无需再用所有气力

你将享受"浮路"上的浮力

足以让你持久地坐着……

方言

满语　曾经是旗人的光环
辛亥年　武昌起义
"反满"的阴影　笼罩着
杭州城每个旗人
方言　成了旗人的魔咒
成为他们避而远之的瘟疫

旗人纷纷收敛起翘舌的卷音
像藏匿旗袍一样
将乡音掩埋在咽腔的底部
不敢在汉人面前有半点流露
从此　杭州方言代替了满语
成了他们的家乡话

其实　这道裂痕
至今一直将我
与我的祖籍和故土劈为两半
作为旗人的后裔

我对满语完全陌生

小时候　奶奶也从来不教

而她常常会操一口

我听不懂的方言自言自语

仿佛怀念甚至嗣守

这难以复活的乡音

我从牙牙学语　杭州话

就成为喂养我的母语

她给了我许多表达的养分

甚至为我的口音

烙上了地方的印记

每当我说着杭州话

总觉得自己被一种方言遗弃

而又被另一种方言收养

2017 年 4 月 12 日

浮躁

进入这奢侈品的商场

我慢慢发现　我是个寒酸的看客

我估计　我和这里的每件商品

都不会发生过从甚密的关系

各路商品的精英分子

在这里集结

它们各个争奇斗艳

像明星般光彩照人

有的坐在精致的橱窗里

露出一副趾高气扬的面孔

有的在错落有致的货台上

摆着各种勾魂的姿态

撩动你占有的欲望

然而　这里的空气

弥漫着物价内分泌失调的气息

所有商品的价格　体态丰盈

像得了肥胖症

尤其那些进口名牌
傍着所谓的高贵血统
连它们的旁系亲属们　甚至赝品
都挥动着昂贵标价的双臂
向你挥手　使国内某些品牌
静脉严重曲张　也攀龙附凤地
标榜自己名门望族的出身

面对这些价格的巨胖们
我的购买力苍白得
像侏儒般的猥琐
而我的 DNA 却很正常
我一直怀疑　我的收入
是否误食了瘦肉精
多余的肥膘
成了某些人的将军肚

这里可能就是为某些人准备

表演挥霍的舞台

我下意识地捂住口袋

不让我多年的积蓄

爬上硬撑的面子

纵使我有十次购买的想法

也会被我一百次踩在脚底

我只是个观望的过客

在梦里我都不会心存念想

拱宸桥

你这一生都为运河活着
你情愿弯下坚硬的脊梁
也要让对峙的两岸
握手言和　尽管
没了追逐清风的帆影
而我耳畔似乎依然响起
小火轮长长的汽鸣
我试图打捞起　摇橹的低吟
和那小舢板急促的喘息
宽阔的河道上　我再也看不到
一张张成为鱼儿们灭顶之灾的搬网
以及运河边耳鬓厮磨的芦苇

但是　有无数从阡陌中走来的脚印
穿过你那苍凉的古道热肠
每一个足迹都感知到
你这弯曲中坚实而笃定的体温
你再熟悉不过的纤夫

如今成了康家桥边的雕塑

这运河和隋炀帝一样老了

而你从康熙五十三年来到这里

陪它一起变老

变成了运河上一个不朽的符号

水　　却越发的年轻

你常常看到　　在吃水线的船帮上

留下它们多少吻印

你也会妒忌它们

温情地舔舐着岸边的石崁

在阳光下倒映出

垂柳晃动着城市的天空

一波又一波重叠的节奏

2016 年 3 月 20 日

海报上的人物

一切都是有预谋和设计好的
他们被请进了喷绘、易拉宝、招贴画……
于是　他们身不由己地端坐在了影院
剧场、书店，甚至小广场的露天舞台……

他们的脸被无数目光打亮
只能朝着一个方向
保持一种机械的姿势亮相
他们的微笑像离开大海多年的贝壳

这样的场面不会失控
掌声和鲜花也依然如约而至
一场作秀的表演
在预期的包装盒里就已开始

黑白韵律：徕卡 MM 黑白相机

——致帕瓦龙

它并不色盲

只是从不接受色彩的馈赠

无论眼前多么绚丽斑斓

都无法诱惑快门的

嗅觉　它凸兀的镜头

就是你那只敏锐的眼睛

剥去层层颜色的装扮

还你一个黑白分明的世界

花逝

——看阳子停觉画《死亡之花：逝者的庆典》有感

并非季节的过错，那对落入溪涧的小花，
命运被一场风雪改写，
然而出窍的灵魂，仿佛还在枝头缠绵，让
依偎凝固成了死结，
虽然错过了岁月的宠爱，它们内心却装满
窃窃私语的独白，

它们曾经也如此芬芳，在花枝招展的风餐
露宿中，香味从来没有衰老，
它们死亡的经历，留给了时间唏嘘，我只会
在意，它们灵魂走向高坡的觉悟，
在某片离月光不远的地方，无意间，我将这
落花流水的瞬间收藏。

季节的赝品

季节可以伪造　气候的假象
蒙蔽了那些被请进大棚的种子
当它们享受起人工环境的福利时
谁都不会怀疑
那些它们熟悉的节气以及
习以为常的阳光和雨水
是个虚构的世界

它们个个都被调教得养尊处优
却没有了一点原始的野味
然而　当它们走出大棚
身上总带着那么一点
农药的习气和激素的秉性
这些风华正茂的蔬菜们
至死都不知道
它们一生都被欺骗　误入歧途

禁与静

常年的喧嚣和热闹

长成了　西湖耳朵里的老茧

虽然　她习惯了

聚焦在她身上的比阳光还多的目光

看惯了比水流更汹涌的人流

可是今天　西湖的每根神经

不再是游人把玩的琴弦

尽管　知了依然喋喋不休

枝叶从隙缝中一次又一次将阳光击碎

然而　体态娇美的西湖

在 G20 的手掌里

第一次在阳光下安睡

在这百年一遇的休养生息中

她舒展的身躯：

南山路、北山街、杨公堤……

阳光的碎片撒满一地

而游人的目光

成了昨日的幻影

在这难得的静谧中？

西湖正享受着

一次孤独的旅程

静物

墙上　牛头白骨低垂

仿佛向死去的自己默哀

空洞的眼窝　深不可测

那里　曾经装过整个哲古草原

以及辽阔的蓝天

如今　它目空一切　洞穿人世

尽管一盏射灯

向它投去讨好的眼光

但　只会更加凸显它

一脸的骨气

而我更震惊于一场杀戮

是谁让它身首异处？

在将牛头成为静物前

猎手已将自己的灵魂追杀

因此　最应该成为静物的

首先是那把举起的屠刀

眷念

大雪施舍的样子，遮住我的视线，寒风
把一个没有温度的口信，捎给了我。
我大地的情人，消失在小路的尽头，
变成了，僵硬的石头；
我躲进小屋，让惆怅的心绪幽幽，燃起
对她眷念的火苗。

冷静

大雪统治了山丘的颜色

黑与白站在同一根树枝上

落定的尘埃和小路一起被掩埋

一声寒冷的问候响彻大地

北风哆嗦　湖水打颤

山坡伸向河岸的手臂已经僵硬

城市的脸变得发白

小鸟找不到觅食的方向

我打开所有的门窗

但拒绝那些雪中送炭的人

这是我需要冷静的时刻

我要让我的内心也落满洁白的雪花

去覆满过往的每一个足印

理发师

我这颗头颅，从小到大
被无数理发师玩弄于股掌之上
成为他们表演的道具，
我知道，赞许的目光
有多少次在飘落的碎发里
佚散了太多的机会
同框的镜子里
装进了表演者和被表演者的表情
我只是个局外的观众，
当电吹风的热气，驱散着
头皮的潮湿，让我
突然有了一种莫名的惆怅
下一次
我的头该向谁垂下

临安指南村

指南村　一个千年古村落

现在却露出一张年轻的脸

她的每个门楣　每片瓦

都拥有了豆蔻年华

她的每条路　每一块石板

与现代对接得天衣无缝

让我无法找出她与昔日的断痕

我站在她的天池边——

这只曾让天目山

睁开的第一只天眼

在古村落的转世投胎中

早已黯然神伤　它已无法看清

古村落远去的背影

斗转星移　年代只是个符号

千年的印记属于久远的过去

已无法轮回　无法触摸

笼中鸟

每根羽毛都被每根笼骨看守着
尤其那双曾经掠过天空的翅膀
被装上了锁具　你被允许展翅
而飞翔
只能在奢望的空气中　弥散

毋庸置疑　你的巢穴被同类侵占
不远的山林里
你不曾有过的爱情
在旷野上依然照常上演
孤独就像笼子上的遮阳布
在泄下的阴暗里浸泡着自由

我知道　你现在只有选择
朝贡你动听的腔调
去叩击观赏者的耳膜
用放风时舒展的羽翅
去讨好围观者的眼球

这一切麻烦　都源自你
美丽的外表和悦耳的嗓音

因为　你不是一只麻雀

马勒别墅和猫

它从安徒生童话里一出来
就误入了东方的魔都
从那刻起　它所有的窗户
就被挂上了战争阴霾的窗帘
绿茵的花园如沉寂的坟场
埋葬着许多欢乐

此后　它像一口锅
煮沸了日本军人的浪声
而马勒和他的女儿
却被泡进集中营的水牢
从此　这座城堡没有了童话和蝴蝶
在长着刀枪指甲的魔爪里　挣扎

许多年以后　它又在上海滩复活
我来到这里
发现它身体的每个部位
都回到了前生来世的童话里

高大的窗台上突然出现的两只猫

仿佛是马勒和他女儿的两个幽灵

回到了他们曾经的梦里

而我　如一炷香

在它曾经的客厅

将自己点燃

鸟笼

饭来张口的日子，让它记起了觅食的
辛苦
从那一刻起，它被阻断了通往天空的
自由
你看到，笼骨正一点点刺穿了它飞翔的
权利

但这时它叫屈的回响，却化作了围观者的
笑声
从此它光鲜的外表，终将被观赏者的目光
擦拭
剩下的日子，它的歌唱已被买断，直到不会
哀鸣

偶遇

这是在时间的门外

一次无法预知的邂逅

是我灵魂的琴弦

被上帝无意触碰而溜出的音符

这小小的音符

飘出我的体外

她并不美妙　却不断丰满

她的羽毛长成了我另外一张脸

这张脸　没有面具的僵硬

却散发着无私的光泽

我和另一个我

在上帝的手指上不期而遇

我们在阳光下形影相随

多少年来　没有一片乌云

能够遮挡这人性的完美

2017 年 3 月 12 日

歧遇
——和南野同题诗

烈日下，我和一只老虎歧遇，昏眩
的它，一下子扑空，
从巨厦之顶，坠落在阳光里，老虎
破碎的身影，把旋舞的空气点燃，

我煽动起苍鹰的翅膀，使数十辆呼啸
而至的消防车，痛苦地呻吟，
我听见老虎垂死的咆哮，驱散了人群
慌乱的喧嚣。

我收回心悸的翅膀，把迷茫和虚弱的
气温带回现场，
城市里血液喷注的人流，在股市的大厦里
把恒久的痛藏于怀中。

起床那会儿

天亮的时候

睡意被一伙阳光

从天窗的缝隙中掳走

卫生间玻璃隔板上

牙膏牙刷一定等着我去亲嘴

我早就不想搭理的那块毛巾

知道将与抹布为伍　垂头丧气

我安排胃招待稀饭和咸蛋

我用纸巾擦擦嘴角

让筷子靠在碗的身上

叫水龙头调皮地冲得它们水花四溅

我抖开在沙发上躺了一宿的衣服

我先后伸展手臂，然后让所有的扣子对号入座

门的背后，那双蓬头垢面满身泥浆的鞋

居然豁着大口

一副表情不亚于我惊讶的眼神

村后那河边的小树林
留着我和情人约会的片段
还有旁边稻田一个深深的脚印
一条滑痕正好挂在田埂的唇边

石榴花

带着初潮的羞涩

将自己走进情窦初开的早晨

让不期而遇的露珠

收起了　垂涎欲滴的眼神

于是　一场爱恋

在溜进树隙的阳光的偷窥下　悄然发生

蜜蜂兴奋的理由

莫过于　让含苞欲放的花蕾

尽早地告别处女

它从来没有真爱

却始终假扮着爱的使者

这只能让更多的花　暗暗失身

石榴花　不能幸免于蜜蜂的侵扰

她失落的贞操

成为她最坚硬的外壳

守护着她藏于内心

最初的那一颗颗晶莹的露珠

2015 年 5 月 10 日

石头

我为什么要怀念青葱的岁月
我日夜梦见的她萝莉般的纯真
她纤细的身躯　谜一样的笑脸
一样有着高大的影子
在我即将远行时
我从那形影不离的身影里看见
看见太阳其实离她并不遥远
因为影子　见证了阳光的存在

那一堆理想曾和我的头发
一起生长　我花朵一样的小苗
几乎成了一棵小树
我被大路上一阵狂风削剪
所有的憧憬被剥落的那一刻
再长的头发也结不了果实
我来不及整理的青春　如一粒酸枣
被时间的战车碾压

如今　我已将她的残片折进了皱纹

我已站在另一个时空

脚下不再需要海拔

我要站在历史长河的岸边

随时去打捞我所有的缺憾

我要借时光的镰刀　收割起沧桑

我将卸下昨天的负累

为明天还能装下更多的雨水和阳光

同时　不再留恋那逝去的年华

而是为了自己

像块石头一样　活到现在

2013 年 10 月 16 日

丝瓜筋

在很小的时候，只要有一点依附，
你就可以攀延，
无论风雨，你依旧，在不着边际的
想法里，舒筋展骨，
长大后，整整一个夏天，你安静地，
饱读太阳的经典，
你修身养性，像得道的高僧，变得
沉稳，虚怀若谷，
当你走完这一生，最后脱去那件
绿色的袈裟时，
你满腹的经纶，让成熟的向日葵
不由地向你鞠躬致敬。

岁月

时光的枯叶　落满脸上
那些沧桑的故事
被岁月沉淀的瘢痕和褶皱包裹
在我记忆的树丫上
结成了粗粝的果实

在某个午后　它被我的回忆
不小心咬破　瞬间
我在酸甜苦辣的滋味里
回到了从前

探访黄公望隐居地

——观《富春山居图》

我看见　鸡笼山后背的脊梁上
翠绿的竹叶在庙山坞一片片醒来
所有的风　都倾向筲箕泉的眼里
而终年流经的泉水在时间的泡影里
始终洗不尽岁月的铅华

只有那一块块突兀的岩石
仿佛还记得　六百多年前
一个叫黄子久的老人
在七十九岁那年将自己归隐在这片
无人知晓的山林
却把一颗不羁的心
放逐在了富春江上

从株林坞到汤家埠的一座座山
活得更像从前
山皱分明　矾石累累的秋色
沉睡在老人的画笔里

露出最有情调的表情

富春江上几许泛着小舟的渔翁

一次次来到他的画中

原来　却是他寂寞的茅庐里

陪他度过晚年孤独的自己……

这幅一直长在我耳朵里的

《富春山居图》

如今　它张开臂膀拥抱我的眼睛

我看到　那些年代久远的笔锋

已把他的隐居地　划开了一道

通往世界的口子　从此

一个响亮的名字——黄公望

一下流向了天外

这道口子　就再也没有合上过

塘顶仙境

沿途竹海薄雾撩动，揣着一颗放飞的心
仿佛上了仙境，
人间离仙境只是一念之间，不过在尘世，
许多人流失了太多心态的成本，

因此我终于巡视身体的每个角落，看是否
有更多的通病遗落，
仙境与海拔无关，只要抬脚都高不过脚背，
尽管曲折，但用双脚丈量，它都是一条直线。

瓦罐

它的基因，来自贫瘠的山里

土窑简陋的装束

成为它出身的标签

它没有带点釉色的衣裳

满身一楞楞粗糙的指印

嵌进它的肉里

留下的疤痕，却透着质朴的光

你看到它憨厚的口唇

就知道它有多厚道

它是个忠诚的仆人，它的智慧

不仅在于容纳，而且

懂得奉还

托付它的，它绝不会私吞，它可以

终日饥肠辘辘

却依旧保持宽容的状态

在这木讷的外表下，它还有一颗

子宫般的野心

那天，我在赤水河畔

看到它的肚子，正怀着

一个烈士的残骸

我不知道，它为什么久久不愿降生

难道它与怀中

孕育的英灵已融为了一体？

玩

生存法则里

一直上演着玩与被玩的博弈

规则只是掩人耳目的把戏

而潜规则才是躲在

套路背后冷笑的真正玩家

玩心计的老手

常常会把陷阱伪装成花朵

那些不按常理出牌的娴熟技巧

玩的就是你的心跳

在这条走向死亡尽头的路上

我无法绕道而行

越想洁身自好

越会成为被玩的对象

只有被玩过

才会懂得不再被玩

一个无知的游侠

即使你敢玩命　也只会落得

找不到丢命的地方

我静静地等着黑暗的到来

黑夜这落日的杰作
在我案头慢慢铺开
它舒展得那么矜持那么安静
以至于我不敢开灯

黑暗涌进了我的屋内
将所有的缝隙填满
并在我睡醒的书页中
挤进字里行间

我发现它也是轻柔的
虽然没有温度但
它会让我放缓呼吸
静静地听它的脚步往深处走去

它并不像你说的那样
像幽灵一般　它轻盈的脚步
只是想踏一遍阳光的足迹

很多时候我们讨厌黑暗

就像讨厌我不想看到的老鼠

其实它不会带来恐惧

所谓恐惧都来自

我们内心的想象

因为我们的习性

早已被阳光宠坏

窗外看不到星星

黑暗像只巨大的皮包

月亮闪着幽光

我把灯点亮

我只是让黑暗暂时回避

这是我现在不得不做的动作

因为我还要安排很多字词

意象和蹩脚的幻想

到我的诗里做客

我只好夜以继日　我已
顾不上黑暗离去的身影
竟比阳光到来的脚步
还要快上十倍

我是那片最后的落叶

没有一片树叶

不是被你抛弃的！

当冬天即将来临

我们生命的甬道　就已

被你堵死　我看见

一片片树叶

都在枯萎中慢慢凋敝

在命运的边界苟延残喘

在摇曳中假装快乐

我就是那一片最后的落叶

此刻　从你的悬崖坠落

我将跟随寒风踏上归途

在血迹未干的落叶中

寻找解脱

你　不就是要用我们的殉葬

去换取又一个年轮么？！

那么　我情愿

在一见如故　尚未冻得

坚硬的大地上　慢慢腐烂

让我的灵魂化作泥土

去聆听你从冬眠中醒来

重新走进春天的脚步

我一直想好好反省自己

我一直想好好反省自己

在这物欲横流的季节

被淹的心房　为什么

仅留下些诱惑的污垢

原本平实的胸襟

像网络一样迷乱而繁杂

灵魂离家出走

恬不知耻地与贪欲私奔

移情别恋的报复

也红杏出墙

去勾搭挤眉弄眼的虚荣

我明明知道

每个人的头顶

并非都是阳光明媚的蓝天

有许多人就是生活在

乌云密布的雨季里

我偏偏就是一直想从

雨季里走出来的那个明知故犯的人

却鬼使神差地上了荒诞的叛逆的温床

与臆造的好高骛远的梦想缠绵

不知天高地厚地

也想混迹于金钱的黑道

蹚一蹚名利的浑水

我愚蠢的是

曾经对那些暴发户和新贵们

投去过羡慕的目光

从来没把淡定放在眼里

还带着道貌岸然的体面的假面具

自己欺骗着自己

我犯的错误

就是经常不切实际地去设计自己

总想浓墨重彩涂满全身

在华丽变身时

好看看自己人模鬼样的样子

我尤其不能原谅自己的是

我还厚着脸皮

走火入魔般地去讨好

不会有出息的虚荣心

以及周围教唆我虚荣心的虚伪眼神

还是看到多年不见的老朋友阿 Q

才让我幡然醒悟

他至今仍在自得其乐的世界里

活得非常洒脱

没有什么诱惑能左右他

顽固不化的秉性

有时想想

一条道走到黑也未尝不对

坚持或守望

总比见异思迁来得踏实

相比之下我自愧不如

精神胜利法让我还没到

无可救药的地步

我要关闭我理想的工厂

安排从前的梦全部下岗

让灰飞烟灭的希望

重新死灰复燃

我打算充军我的灵魂去备受煎熬

将扭曲的心流放到沙漠

交给时间的风暴去校正

在我脱胎换骨之前

我一定要先让

打肿脸充胖子的虚荣

饿得面黄肌瘦

我依然是一抹耀眼的绿色

那一抹绿色
其实活在春天以外
其实更加难得
就像被仙人掌所握住的
那片云彩

我经历过春天
对绿色记忆犹新
记得　在我年少时
不也开满了豆蔻年华的
翠绿的叶子
它让我度过了一个个
青葱的岁月

我常常在春天里
去弹响自己心中的小溪
让更多的绿色去庇荫
稚嫩的梦想

我的梦想　曾经

一遍遍被时代的烈日拷问

又一次次让时间干涸的喉咙

向真理去索求滋润嗓音的甘露

让我可以去呼唤　可以去呐喊

可以有活得不再畏惧的勇气

面对暴风骤雨

我保存下一壶有尊严的水

让我的生命　不再害怕枯竭

虽然　我被命运开过玩笑

代表春天的树叶　曾经

一片片从心中不停地坠落

但　我坚信那只是个玩笑

因为　尽管叶子没了

但　那一抹绿色

却始终印染在了我的内心

使我无不牵肠挂肚

在人生的惶惑中

是杨柳的新芽最先给我提示

也是她的微笑和依偎

给了我最后的箴言

让那一抹绿色

成为我生命里最明亮的一刻

成为我萌动青春的催化剂

所有的化学反应

都呈现年轻的状态

让希望有了归宿

我无时不向过往的一切致敬

无论是挫折　还是顺利

无论是忽视　还是向往

哪怕春天遥遥无期

我依然会执着地守候

因为　那一抹绿色

是我心中逼退寒冬的

最耀眼的绿色火种

我在冬天等你

我知道你在冬天一定会来
我要用足够多的耐心去等你
我期待你的出现
从梦里就已准备就绪
你如约而至　我如愿以偿

你那么安静　那么从容　那么轻
又那么悄悄地　无声无息地来了
像一个邻家姑娘偷偷地赴一场
心仪已久的恋爱
我看着你　我把时间轻轻地停放在
与你相恋的臂膀上

乌岩头：一个坐享其成的村名

你如一尊卧佛，在双鱼峰下的溪水里
一卧就是千年，在你的睡姿里，
我听到三百年前陈氏家族的鼾声
当日月轮回，你让一个村落领悟了
天地的厚泽，使那座小小的石拱桥
驼起了整条黄仙古道

尽管演教寺早已灰飞烟灭
而你固守着的一份孤单，却让
你身上那件岁月的袈裟
成为这个村落脱不去的
时间的外衣，你让我在你的容颜里
发现了整个村落从前的样子

无需呻吟

并非与世隔绝，所有的寂寞，都可以穿越，
唯有孤独，像航行在大海的轮船，
远离了喧嚣的口岸，等待一个可以依靠
的码头。

我把伤痛交给饥饿的时间，如果无病呻吟，
能抚慰伤口，
那么，我干脆天天呐喊；既然壮士能够断腕，
又怎会乞讨怜悯和同情。

我的隐忍，惊到了迷途的小鸟，在落日里，
各自寻找归巢的路，
远方总是那么遥不可及，而眼前一座寺庙
传来的禅音，仿佛我灵魂回家的钥匙。

西北风

和大雁一样

每年你都要来江南过冬

其实你也很怕冷

你选择取暖的途径　除了

造访过无数的

门缝　窗缝　墙缝　就是

常把我的陋室　当作你的归巢

你的凄冽是肆无忌惮的

哪怕一条围巾　一个口罩的热度

你也从不放过

你如一个掠夺者

掳走了江南空气中

所有的温度

难怪　江南清秀的身材

一遇上你　禁不住

就会浑身打颤

你赶跑了西湖上所有的船只

留下一个冰冷的空间

没有人能捂住你

张大的风口　阳光显得软弱

无力阻挡你刺骨的长矛

而往往此时　我的体温却表现得

出奇的冷静

寻找解脱

我知道　我的殉葬迟早可以为你

换取又一个年轮

所以　我将臣服于冬日之下

接受死亡的馈赠

我迫不及待地

在尚未冻得坚硬的大地上

慢慢腐烂

我相信　唯有化作泥土

我的灵魂才有可能

长出新芽

2015 年 12 月 20 日

夜游西天目禅源寺

落日，在一群晚霞的护送下
往山下逃去
暮色被指派留在山里
它躲过飞鸟的视线
潜伏在树林、溪涧的眼皮下

天目山到处被灰色控制
整座禅源寺也被黑暗把守
只有那些在寺门格窗里
寻找落脚地方的黑暗
很快被烛光逼回门外

风，踏着树叶摸黑走来
翘檐下那只饱经风霜的风铃
被风撞了个满怀

受惊吓的风铃，无处可逃
心脏一下子加速

它死死拽着翘檐

整个身子不停地开始颤抖

萤火虫

它等待天黑，在这夜色充盈的晚上
它就会像一盏灯笼
将自己点亮
尽管微弱，但它的持久
正缓缓穿过山谷的身体
灼痛了空气，
它那飘忽不定的踪迹
仿佛美妙的旋律
终究成为黑暗里闪亮的音符

我知道，它虽然自带光明
却惧怕阳光，因为太阳
会嫉妒其他所有的光源
夜幕下，难怪它亲近黑暗
它一直把星星当作同类
在对黑暗的依赖中
它每一次现身
都给自己一次重生的机会

鱼尾纹

这一辈子 我一直傻傻地
想带你去一个地方
那地方并不遥远
我们却走了三十年

这一路　我只学会做一件事：
哄　你　开　心
当有朝一日　你的眼角
泛出了细细的鱼尾纹
那就是我要带你去的——
你笑过的地方

阵雨

七月　多雨的季节

整个下午　我坐在阳台上

看着乌云变形的面孔　悬挂在

城市的上空

捉摸不定的阵雨　露出了真容

我看到不远的运河

胸襟更加坦荡

此时　一艘驳船缓缓驶来

正等待着一场久违的洗礼

这正暴露了我的弱点

对于风雨　我们习惯躲避

在屋檐的眼皮下

在避风港的掌心里　以为安全

而当我弱不禁风时

我才懂得一场洗礼带给我的意义

枯燥　是夏日留给阵雨

回归的理由

我发现　天空的缺口

不正是我走进逆境的门洞

它使我学会如何面对

直到塑造一具淋漓尽致的肉身

尝遍渗透的滋味

2016 年 7 月 5 日

纸醉金迷

活在世上　总有一样东西让我喜欢

让我痴迷或者沉醉

酒能乱性　亦能当歌

而我不善饮酒

却醉倒在纸的怀抱

当我阅读春天　品尝智慧的芬芳

从一场梦翻越另一场梦

甚至让两个梦重叠

我身体的肾上腺素一样会涌动

我会像一条河　开始奔腾

有了源头我就不会在乎归宿

我不会像一阵风

让另一场风暴驱逐

我也不会　如一盆

让灵魂出卖的炭火

被灰烬覆满肉体
我倒希望能让一堆飘着墨香的纸
将我掩埋

2017 年 3 月 7 日

致梧桐

没有一片树叶，

不是被你抛弃的

当冬天即将来临，

我生命的甬道

就已被你关闭，

我看见　一片片树叶

都在枯萎中慢慢凋敝

在命运的边界苟延残喘

在摇曳中假装快乐

我就是那片最后的落叶

此刻　从你的额头坠落

带着你冷漠的眼神

我被寒风送上飘零的归途

你却心甘情愿去收藏凄凉

而我不愿在无数血迹未干的落叶中

寻找解脱

我知道　我的殉葬迟早可以为你

换取又一个年轮

所以　我将臣服于冬日之下

接受死亡的馈赠

我迫不及待地

在尚未冻得坚硬的大地上

慢慢腐烂

第二辑

剑心的随笔

剑心自语

一生最大的幸事是于 1988 年底与梁晓明、刘翔等创办中国先锋诗歌同仁刊物——《北回归线》。1992 年起基本辍笔，不再在诗田劳作，一门心思下海经商，结果钱是来了，诗却去了。2002 年起又被诗歌招安，有事没事写些分行的文字。2005 年，作品入选《杭州市建国 56 周年以来优秀作品集》。

蓦然回首，粗略算来与诗结缘也有三十余载。虽说年纪有了一把，诗作却没有一堆，至今零零散散，尚未成集。与"北回归线"一帮老哥及小弟小妹一比相形见绌，好在"北回归线"如今生机勃勃，一帮同仁又意气风发，本人岂有不迎头赶上之理？岂能没有不厚积薄发之心啊？！

在《北回归线》初创的日子里

　　1988 年底，展现中国当代先锋诗歌的《北回归线》第一期同仁民刊面世了。在当时来说，她的命运是叵测的，她有可能昙花一现，也有可能成为过眼云烟，成为夭折在襁褓中的婴儿。

　　《北回归线》的问世，在当时，并不是以梁晓明为核心的一群先锋诗人一时的心血来潮，更不是沽名钓誉的鲁莽之举，而恰恰是怀着对诗歌的一份敬仰、一份虔诚和执着。所以创始者们才不会太多地顾及她命运的多舛，大有"壮士一去兮不复还"的气概。正因为有了这种义无反顾的韧性和坚持，才有了今天的《北回归线》！是时间换来《北回归线》的空间，时间沉淀了，它成为《北回归线》过往的历程和历史；空间拓展了，它成为《北回归线》在诗歌领域引以为豪的平台和窗口。

　　我和《北回归线》结缘，还得从我和梁晓明相识说起。我和晓明相识，应该是在 1983 年初夏。当时我也喜欢写诗，并已在《杭州日报》《浙江日报》的副刊和《西湖》杂志上发表了一些诗歌。当时，有一帮诗友如金耕、张锋、徐丹夫、朱晓东等人，常来我家相聚。晓明当时也就二十岁出头的样子，一头乌黑的鬈发，是个非常英俊的小伙子。记得晓明那时第一次是和金耕一起来的我家，我们就这样相识了。

1983年底，省作协邀请著名诗人艾青来杭州的科技会堂（浙江展览馆旁边）做一个讲座，我们一些参加过作协诗歌讲习班的人都去参加了。当时也去了好多省里市里的诗人以及诗歌爱好者。我和晓明以及金耕、徐丹夫等人是约好一起去的。后来我又常在我上班的杭州无线电材料厂（庆春门外直街）碰到晓明，他告诉我，他家就住在附近（当时的浙江农业大学华家池），离材料厂也就五六百米的距离。我那时已调到厂里的基建科工作，上班相对自由一些，所以，我们碰到后经常会站在庆春门（古称东青门）离铁路道口不远的贴沙河边的东青桥上聊上一会儿，言语之间我们非常投机，有时我们还会在庆春门外直街和凯旋路交叉口的饮食店的屋檐下谈论起诗歌来。就这样，在以后的日子里，我们有意无意地经常碰面。从此我俩成为很好的朋友。我们还经常一起去参加杭州大学(今浙江大学西溪校区)、浙江农业大学、浙江工业大学等一些大学诗社的活动。

1986年，我虽然加入了杭州市作家协会，但我对国内外诗歌发展的趋势不太关注。那时，我也看过晓明写的一些诗歌，《各人》《诗歌》等都是他的早期作品，当时就感觉他的诗确实新鲜，手法很新奇。我当时觉得周围很多写诗的人，他们所写的多数是外在的表象。而晓明的诗却有内在的东西、思想的东西、灵魂的东西，有想象的空间，看似有断裂却又联系，有跨越却又有连贯性的思维再现，有很强的思想性和哲理性，对我有很多的启发和感悟。当时我就感觉这个比我小9岁的小弟弟确实是个有才华的青年诗人，以后必成大器。后来我看了晓明那首《歌唱米罗》，更坚定了我的想法。

在这交往的过程中，我们之间的友谊不断加

深。记得1988年的5月，有一天晓明来我家里，和我谈起要想搞个民间的诗歌刊物，他告诉我：他也联系了其他几个志同道合的朋友，我们一起来搞。我当时就表示了极大的兴趣和支持。再后来(好像是八九月份)梁晓明又告诉我，刊物的名称当时想了好几个，现在基本倾向用"北回归线"这个名字，说着他拿出三张封面的设计稿给我看，让我提提建议。我的意见和梁晓明一致，都觉得还是方跃设计的好一点(最后定稿的就是由方跃设计的封面)。当时晓明还拿了部分诗稿给我看，我记得有杭州的余刚、刘翔、金耕，还有上海的陈东东和深圳的王小妮，其中只有金耕是我认识的。晓明说还有些稿子在筹集和选编中。

到了1988年国庆节后，有一天梁晓明打电话到我家里(为了工作需要1985年我家里就装了电话)，说好下午3点我们俩在杭州中北桥碰头。他告诉我，稿子基本已组织好了，唯一落实不了的，就是印刷的费用。晓明说大概需要一千元钱，我问晓明一千元钱够不够。他说准备出一千本，平均一元钱一本是够了。晓明告诉我，他已找了一个朋友，是教育印刷厂的(专门印教科书的)，能以优惠的价格给我们印刷。我当时就毫不犹豫地告诉晓明，这一千元钱我来出。我记得很清楚，晓明当时如释重负。我说，钱你后天来拿，你还要我做什么尽管说。他听了很感动，他说大家都商量过了，这第一期《北回归线》的主编，就由我来担任，具体编务他会负责的。我说我哪行啊。晓明说你可以的，你看，你也会写诗还是作协会员。我想大家既然都是好朋友，为了诗歌走到一起，把这自己的诗刊好好办下去，就欣然答应了。晓明还叫我拿几首作品也发表一下。(我当时自认为我的作品还不够先锋，想等到第二期再发。但后来工作一忙就没发表，这也是我至今都感到很遗憾的事。)第二天我就把一千元钱给了晓明，就这样，接下来晓明就紧锣密鼓地去落实后续的事了。

话说回来，当时虽然爽快地答应晓明拿这一千元钱，但我还是有点发愁。当时我还在厂里上班，我拿的是三级机修工的工资，只有四十二元五毛一个月，这一千元相当于我两年的工资。而我为什么会答应晓明而且让他后天来拿呢？其实钱就在我身上，只不过是我和我爱人存了几年，想叫朋友去深圳买一台录像机的钱。我留一天余地，是用来想回去如何在爱人面前圆个谎话而已。当然，我还是有本事圆了谎，也圆了《北回归线》的梦。

1988年底，当晓明把《北回归线》创刊号拿给我时，我们都很激动。一本标志着中国先锋诗歌的（铅印）诗刊终于亮相了，它发现了属于自己的天空。

回想起来，《北回归线》到今年，已过去了三十年。作为初创时期的一员，我倍感荣幸。

《北回归线》从一株苗长成了一棵树，最终它也肯定和必然会撑起一片天空！

2017年7月17日杭州

对新死亡诗派的再认识

——谈阳子的停觉油画《死亡之花》系列

　　作为一个现代诗歌流派，冠以"死亡"的名称确实有点让人匪夷所思。

　　1992 年，该诗派的创始人道辉、阳子夫妇为流派命名时，在"死亡"前面加了个"新"字。这无论是在当时国内各地诗歌流派风生水起以及当时现代诗歌的语境下，还是在今天看来，都是那么特立独行。

　　"死亡"这个字眼，人们似乎往往把它与没落、沉沦、颓废、腐朽、惊悚联系在一起。然而，正是这个"新"字，赋予了"新死亡诗派"诗学观念的新意。从一开始，道辉先生就为自己设定了一个哲学命题，在关注一个诗写和阅读的美学问题的同时，他更关注"新死亡诗派"在思想倾向、艺术主张、创作方法、表现风格的建设。二十多年来，他坚持把诗写与死亡相提并论，从该诗派诸多的诗歌文本中，你就会发现，他们一直在努力探索，用他们独到的视角解答"死亡"这个谜团。

　　我们知道，道辉先生的夫人阳子，不仅是"新死亡诗派"的重要成员，而且还写小说，更会画画。尤其值得令人惊喜的是，近来一段时间，道辉先生发在微信群里的由阳子画的，称之为停觉画的《死亡之花》系列油画，让我们对"新死亡"的概念有了更深的理解，从而对"新死亡诗派"有了进一步的认识。

　　从阳子的停觉油画《死亡之花：瓶颈的第二胎教》，到《近似睡眠的死亡之花》《死亡之花：天亮前迁徙根巢》，再到《死亡之花：忧思的太阳》《死亡之花：蜘蛛的无耻纠结》和《死亡之花：逝者的庆典》，这些作品似乎在很清晰地告诉人们，死亡并非是瞬间的消亡，死亡恰恰是个"向死而生"的漫长过程。她让我们看到了一种轮回的力量，同时，也可以看到宇宙对生命重复的过程，让我们有一种前世今生再现的感受。

　　这些画不光表现出一种对死亡的态度（恐惧还是无畏），更是不懈地在主张一种"存在"的悲壮。任何一个物种都有从出生到存在再到死亡的过程，《死亡之花》系列油画在这里诠释的死亡，并不是仅仅被看作肉体的死亡，或者说是有形的、表象的消失。观看《近似睡眠的死亡之花》和《死亡之花：在天亮前迁徙根巢》，你就会疑惑，为什么有些人肉体还活着但灵魂却死了，成为行尸走肉？因为，他们有很多无形的东西"在黎明前走向了寂静的坟墓"（阳子），譬如，他们的某种思想、观念、习惯、言行等等。而这些无形的东西会从古代穿越到当今社会，从别人的骨子里"迁徙"到自己的身上。当然，这种无形的东西在"死亡"前必须尽快建立起一个新的支撑点，否则，我们的灵魂就无法依附。所以，我们要不断地进行"第二胎教"，以完善自我的生命价值，就如《死亡之花：忧思的太阳》让"死亡"增辉。

所以，我毫不怀疑"新死亡诗派"的出新，恰恰是要歌颂不死的亡灵与永生的求生精神，因为，死亡同样是生命存在的某种形态，它来得更有内涵，更有丰富的沉淀。从这些画中，我一次次感受到死亡的脉搏和呼吸同样是那么的惊心动魄。尤其是那幅《死亡之花：源自对灵魂的袒护》，更让我觉得生命是灵魂的载体，人的生命只有一次，而我们的灵魂也只有一个。当我们来到这个世界，灵魂是干净的但也是无知的。这就是为什么要胎教的原因，除了第一次胎教，我们还要进行第二次，甚至还要随着生命延伸不断地进行自我完善。而在这尘世我们的灵魂随时都会受到玷污，所以，我们平时修身养性其实就是对灵魂的一种袒护，这种袒护里包含着爱惜、呵护和救赎。而《死亡之花：逝者的庆典》更不是对死亡的一种幸灾乐祸，它恰恰表现了对死亡的崇敬和尊重。

阳子的这些画，让我进一步认识到，只有对死亡保持从容不迫，才会理性地去看待死亡以及生命的过程，这也让我加深了对"新死亡诗派"的认识和理解。

"新死亡诗派"追求的是一种生命厚度，而不是它的高度。高度是虚无的，而只有厚度才让"新死亡诗派"二十多年来表现出更加旺盛的活力。它所创造的沉甸甸的诗歌文本，才让这独树一帜的诗歌流派在当今中国诗坛结满了果实。

2018 年 2 月 2 日

附录 1

同仁的怀念

王建新先生告别会主持词

帕瓦龙

尊敬的各位朋友，受王建新家属的委托，今天的告别会由我主持。在告别会正式开始前，请大家将手机调为静音或振动。

王建新先生的告别会现在正式开始，首先向王建新先生的遗像默哀3分钟（奏哀乐）。默哀毕。

阳春三月，本是万物复苏之时。而我们在此不得不体验一种刻骨的锥心之痛，与一位十分受人尊敬的诗人、朋友、兄长作最后的告别。王建新先生于2018年3月9日上午十时，在杭州因突发心脏疾病抢救无效，不幸逝世，享年64岁。

声声哀乐述说着亲朋好友的悲伤之情，在这庄严肃穆的告别灵堂里，看着您熟悉而亲切的面容，我们无法相信，您就这样永远离我们而去了。从此，您和我们天上人间，阴阳相隔。此时此刻，您的亲人和朋友们，站在您的面前，陪伴在您的左右，看着您静静地躺在这冰冷的灵柩之中。心中纵有千言万语，也难以表达亲人和朋友与您殷殷的生死离别之情。

在此，我代表所有的来宾和王建新先生的生前好友，对王建新先生的突然离世，表示最沉痛的哀悼；向前来悼念和参加告别会的领导、相关组织和单位的代表表示诚挚的谢意；向亲朋好友表示由衷的感谢；向王建新的家属表示亲切的慰问，请家属节哀顺变。

出席今天告别会的领导和重要来宾有：著名诗人、《诗江南》杂志副总编梁晓明，浙江大学国际文化系主任、教授、著名诗歌评论家、诗人刘翔，浙江三狮集团纪委书记方跃，原杭州友谊冰箱厂厂长余乐群，原杭州红子鸡餐饮管理有限公司总经理傅引中，浙江工商大学教授、诗人王自亮，浙江传媒学院教授、诗人南野，杭州师范大学教授、诗人晏榕，浙江图书馆文澜朗诵团团长谢贝妮，国网浙江省电力公司综合服务中心主任助理、媒体部经理、诗人帕瓦龙；在杭州的"北回归线"诗群诗人——邹晏、远宁、歌沐、张革、许春波、王旅庆、孙红卫、侯倩等人；专程从外地赶来的"北回归线"诗人——湖州的石人、衢州的小荒；还有文澜朗诵团核心成员老洪，原杭州友谊冰箱厂的职工代表、杭州铁路一小66届同学代表。

王建新先生去世后，前往灵堂吊唁、慰问及送花圈和花篮，或委托他人代送花圈、花篮和挽联的组织、单位和个人有（排名不分先后）：中国先锋诗歌"北回归线"诗群，贵州剑河常驰大酒店，浙江众车网络科技有限公司，杭州铁路一小66届甲班和乙班，杭州第十二中学同学代表、原杭州无线电材料厂厂长吴智高，原杭州友谊冰箱厂厂长余乐群及职工代表，原杭州红子鸡餐饮管理有限公司总经理傅引中、吕寒萍夫妇，杭州锦麟宾馆总经理郑宁，浙江三狮集团纪委书记方跃、汪怡冰夫妇，《诗江南》杂志执行副总编谢鲁渤，著名诗人、《诗江南》副总编梁晓明，浙江大学教授、诗人刘翔、张国梅夫妇，北京外国语大学教授、著名诗人汪剑钊，湖州职业技术学院教授、诗歌评论家沈健，浙江大学建筑设计院副院长、诗人陆陆，著名演员、诗人、小说家郁雯,《诗江南》编辑、诗人江离,诗人、野生鸟类摄影家帕瓦龙,还有"北回归线"诗人邹晏、马越波、远宁、石人、红山、小荒、鄢子和、林荫、许春波、歌沐、张革、储慧、王旅庆、孙红卫、小雅,以及在深圳的湖州诗人赵俊,上海旅日诗人春野。

专门发来唁电慰问的有福建著名诗人道辉、阳子夫妇。因多种原因不能亲自前来,而以纪念诗文、唁函或通过微信平台等形式悼念的有"北回归线"著名诗人:阿九、伤水、海岸、伊甸、倪志娟、方石英、张典等人。

王建新是满族人。1954 年 5 月 5 日出生于杭州一个普通家庭,兄弟姐妹五人,他排行老三。1961年至 1966 年就读于杭州铁路一小,1966 年至 1972年就读于杭州第十二中学,1972 年进入杭州无线电材料厂担任机修工工作,1985 年调入杭州友谊冰箱厂任基建科长,1998 年进入杭州红子鸡酒店担任经理,2008 年转入杭州锦麟宾馆担任经理,2014 年至2016 年担任杭州新庭记酒店经理。

在文学创作道路上，王建新从二十世纪八十年代初开始写诗，1986 年加入杭州市作家协会，作品散见于国内报刊。1987 年王建新与梁晓明、刘翔等创建"北回归线"诗群，为 1988 年第一期《北回归线》先锋诗歌民刊主编和出资人。2018 年 5 月出版的《中国先锋诗歌——"北回归线"三十年》，王建新是编委之一。他一直是"北回归线"的核心成员。

诗心剑胆，侠骨厚道！王建新先生一生光明磊落，勤奋好学，工作勤勉，宽以待人。今天，他和我们永别了，他的离去是"北回归线"诗群的一个重大损失。但是，他的诗性光芒将永远与我们同在，并令我们深深怀念！

王建新先生永垂不朽！

最后，请大家依次向王建新先生的遗体做最后的告别。

2018 年 3 月 12 日

在王建新先生告别会上的悼词

梁晓明

各位来宾、各位建新生前的亲朋好友们：

今天，我们怀着十分沉痛的心情深切悼念王建新先生。建新于 2018 年 3 月 9 日上午 10 点在去医院的路上，忽然心痛难忍，倒在路边，猝然去世。而大关小学的学生们那天都穿好了整齐的校服，等待着建新前去给他们开课讲授儿童诗歌写作。若是正常，建新将给他们开讲一个学期的儿童诗歌的课程，但这些孩子们永远等不来建新的讲学了……还有卖鱼桥小学的孩子们，也再等不来他们喜欢的建新老师了……

现在，建新就这样静静地躺在这里，他的生命永远停留在 64 岁的这个春天。最重要的是，他还这样年轻，一直以来，他都以健康的状态出现在我们面前，但是现在，他就这样谁也不打招呼地决然走了。你这样一走，叫我们大家情何以堪？真是心痛不已！

今天，你的老友、老同事、老领导们都来到这里，甚至有的是专程坐飞机赶来。大家都前来缅怀你的音容笑貌，缅怀你生前的为人处事，缅怀你的宽宏大量、善解人意，并且处处为别人着想的优良人品。你的离去，真的是大家心里难以摆脱的一种疼痛，它那么突然，又那么沉重，让人难以接受。

建新一辈子做过很多事情，他做过机器修理，做过基建，还做过销售，做过酒店管理，甚至，他还做过歌手，但是他一辈子最难以割舍的还是对于诗歌的热爱！目前在全国极有影响的诗歌团体"北回归线"，在 1987 年创办的时候，就是王建新先生豪爽地拿出了一千元钱，支付了《北回归线》创刊号的印刷费用，使得这个目前国内最优秀的诗歌团体发扬光大，一步步走到了现在；特别在近些年，建新更是把《北回归线》的荣誉看作是自己的光辉！他就像是一位大家庭的兄长，处处维护和支撑着这个团体的点点滴滴，大家也都看到，他最近的诗歌也是越写越好。诗刊《浙江诗人》刚刚编好了他的诗歌准备发表，主编天界来电反复询问，不能相信他的离去。福建的著名诗人道辉与阳子夫妇，也不断来电，也是刚刚编辑好了他的诗歌和文章准备发表。阳子在电话中痛哭失声，说道辉就在旁边，不断地给福建的诗友们打电话，一一告知他们建新的离去……

没有人能相信，你这样一位帮助人，关心人，温暖人的，全身都散发出人间的正能量精神的好人，怎么就能这样不告一词地撒手西去。

建新在家里排行老三，他对工作，对朋友，对家人都是一贯地充满了爱心。你的离去，使你的兄弟姐妹和家人们痛不欲生。你的大姐一听到你离去的消息，站立不住，以致跌倒，摔断了骨头，现在还在医院里等着手术。五个兄弟姐妹中，你排行老三，这就像是一根重要的顶梁柱，你这一去，让他们的心里怎么接受？

你就这样离去，真的是我们大家的一种无可挽回的巨大损失。特别是回想起你的音容笑貌，更加令人心痛难忍。

建新，今天大家都到这里来，大家都来送你，大家都舍不得你走。你这样的性格和为人，就是走到任何地方，也一定会受到欢迎的！

最后告诉你一件事，"北回归线"公众号昨天已经隆重推出了你的纪念专辑，《诗江南》杂志昨天开过会，也已经决定专门做一个你的诗歌和纪念专辑，著名诗歌评论家刘翔也已经答应专门写一篇你的诗歌评论文章。你生前留下的那些未竟的事情，我们大家也都会一一接手做好。请你放心。

建新，你走了，我们大家来送你了，你一路走好！

2018 年 3 月 12 日

未尽之爱无法复活

帕瓦龙

　　太阳之下，春光明媚。未尽之爱如影子匆匆，而一些影子消散之后，再也无法复活。

　　上周，接连两趟去了殡仪馆，一次是送别诗人剑心兄，另一次是告别我的后丈母娘。这种一周内连跑两趟龙驹坞的经历，在我以往的日子里是从来没有过的。

　　讲到生离死别，小时候总觉得死是一件相当遥远的事，像世上所有浑浑噩噩活着的众人一样，对待万事，我都是不急不忙，总以为时间是取之不尽的。但是，自从十多年前，我奶奶和父亲走后，人之将朽的紧迫感倏忽醒来。某个半夜，素纸纷扬、黑衣幢幢、哀声低回的场景压得胸口喘不过气来。这种梦中的濒死感，从此，成了我余生时常萦怀的感觉和文字里的一份底色。

　　大部分时间里，我不是一个乐观主义者，我对诸事保持一点矜持、低调，也并非刻意地同所接触的人保持一些距离，我欣赏距离产生的美，我习惯用忧郁的眼神看这个我短暂到此一游的世界。这次，剑心的突然离世，更使我觉得生命竟是如此无常。欸，一个人的死期是多么难以预料，唯有死神的造访却从不爽约。告别会那天，我看着剑心躺在冰凉的灵柩之内，之后被缓缓推入熊熊燃烧的焚炉，肉身寂灭所迸发的绝望之情，那一刻真的使我窒息。心中唯一的念头便是人之将朽，无法逃脱，活着的人应好好珍惜当下。

剑心走的前一晚，我们是在我家旁边的开元明斓酒店吃的饭，一起的还有诗人赵俊、郁雯、邹晏和鲁亢。谁都没有想到这顿饭竟然是剑心一生最后的晚餐，以至于第二天上午十一点左右听到他因突发心脏病去世的消息时，我们谁都不相信这个消息是真的。尽管我自诩写作一贯秉持海德格尔先生"向死而生"的态度，也写过《活着就是一个很短的过程》等诸多关于生与死主题的诗歌，但突然面对剑心的死，仍然感到死亡的残忍和它所带来的悲凉、阵痛和绝望，它剥夺了一条鲜活的生命的同时，也把一条生命本还将陆续展示的精神世界彻底泯灭了。

　　剑心的生命定格在 64 岁这个黑色的数字上，这是他自己决然没有想到和准备的，他退休后有太多的想法和愿望还未实现，他一直牵挂今年下半年出版自己首部诗集的事。可是谁也没有料到第二天阳光刚刚升起的时候，他就骑着电动车一头栽倒在马路上不再醒来。想到这副突袭而来的场景，我的内心充满了愧疚之感。我想如果他走的前一晚，不是和我们一起聚餐会否改变一些什么？当然，这种假设不可能改变什么，人的生命密码何时终结，谁都难以预知，而生命中的必然降临的事，决绝得似一剑封喉，是谁也无法抵挡的。

　　剑心不喝酒，喜欢抽烟，近年改抽烟斗，他喜欢泡一壶红茶慢悠悠和我谈诗，聊天。我同他相识不过五年，是梁兄晓明介绍的，他长我八岁，长梁兄九岁，因为我们共同的对诗歌死心塌地的爱好，便很快成为无话不谈的好朋友。剑心的经历蛮丰富的，干过好多行当，尤其是当过多家饭店的经理，对餐饮业有着资深的阅历和经验。他经常带我们去他曾经干过的"新庭记"和锦麟宾馆吃饭，让我和梁兄对那里的白切咸肉、清蒸鱼钩等佳肴念念不忘。

作为一个地道的老杭州人，剑心从小就对杭州的老街老巷了如指掌。1972 年高中毕业后，他进入了庆春门外的杭州无线电材料厂工作，虽说当时我还在庆春门小学读二年级，互相根本不认识，但由于我居住在庆春门外三十年的经历，每当我俩讲起庆春门外的一些故事，便格外亲近，像是见了老乡一样。

剑心本名王建新，满族人。其实他真正的满人姓氏姓"完颜"，祖上属正白旗。他跟我聊起这些事，总会意犹未尽，好像心中突然流淌出一条清晰见底的涓涓小溪。我知道正白旗是满人八旗中非常著名的，旗主原本是清初政治和军事家、努尔哈赤第十四子多尔衮，多尔衮死后被顺治皇帝直接亲撑，正白旗挤掉正蓝旗一跃成为和正黄旗、镶黄旗齐名的"上三旗"。这"完颜"姓氏曾经也了不得，它是金国的国姓，当年姓"完颜"的人都非富即贵。而金人其实就是满人的先祖，今天辽宁的凤城（历史上也叫凤凰城）正是"完颜"姓氏的繁衍地。所以当剑心跟我谈起2018年要去满洲里寻根，我纠正他说你不应去满洲里，满洲里同当年日伪时期的满洲国有很大关系，名气大。而你"完颜"人氏应当去辽宁凤城朝拜。可惜，今天这个使命，只有让剑心的儿子去替他完成了。

剑心谈起祖上三代，记忆十分清晰。至于他祖上正白旗是怎么来的杭州，他没有说起，我想大概也只有从大清族谱中去找答案了。剑心的高祖和曾祖应该是享受过功名利禄的，他曾祖相当于今天的杭州警备区司令，在杭州旗营里威望和权力十分崇高，清朝中晚期时杭州十大城门也由他曾统辖，这在当时是一件风光无限的事。剑心祖上是从他爷爷这辈开始败落的，清朝亡后，"完颜"改为了"王"姓，好歹"王"姓也是中国的第一大姓，"完颜"与

"王"姓谐音，也多少保留一点尊严。

剑心死后，他儿子王驰也跟我讲，他爷爷那一代是住在龙翔桥一带（清末民初，那里曾有不少旗营）的。家里曾有一卷光绪皇帝的诏书和一本厚厚的家谱，如果留到今天，应该也是极其珍贵的文物了。

剑心与我交往，时间不长，却始终待我有一种兄长般的情谊。记得去年四月，我、梁兄和他三人泛舟西湖，游完湖心亭后，当晚我一气呵成，终于写出酝酿已久的长诗《夜鹭》。剑心作为第一读者，马上发来读后感受和心得，让我真心十分感动。他二十世纪八十年代就开始写诗，中间隔了多年未写，直到几年前又激情复燃地投入。严格意义上讲，他这一转身回归极其不易，是一次生命和精神的真正再次升华。

写这些，就像讲一些忧伤的故事。其实剑心肚子里的故事远比我此刻的复述来得丰富和精彩，他所了解的老杭州掌故，祖上留下的旗营故事，还有混迹餐饮的故事，原本都可成为他写诗作文的一部分，如今都随着他的离去而沉寂无声了。这不能不说是一种极大的遗憾。

海明威说，太阳照样升起！是的，不管离开了谁，地球照样转得很好。有人迷恋权力，有人迷恋财富，而我迷恋诗歌，拍摄鸟类，也在乎活着时交下的每位真正朋友。我一直相信一个人应为自己活着，但很大程度上，又有谁敢说你不是为你的亲人和朋友而努力地活着？因为离开了亲情和友情的生命，真的似一具行尸走肉。

"不到灵魂分娩的时候／死亡不会现身"，这是剑心读完梁晓明《死亡八首》后写下的诗句，他还写道："在我看来／生命　像一群被监管的囚徒／谁先出去　谁就被死亡接走／在你身体的牢房里／你的生命从不想减刑／虽然　死亡随时想／'无声无息，却又那么触目惊心'地前来探监……"

恍如遇到先知，剑心对死亡的感受竟是这么纯粹和彻底。再读这样的诗句依然让我震颤和沉默，所谓的一语成谶，难道就是如此残酷地用生命去兑现吗？

带着一腔饱满的诗情，剑心在他作品刚刚写得愈来愈好的时刻，弦断曲尽，戛然而止……

2018.3.23

记剑心

梁晓明

　　要给剑心出书了，既是好事，又是坏事，这是"北回归线"的一个小传统。自从梁健去世，大家就说，以后凡是去世的，我们都要给他出一本书，里面当然必须要有大家怀念他的文章和诗歌。所以，出书自然是好事，但是，当"北回归线"要给哪一位兄弟或姐妹出书的时候，那这位兄弟或姐妹一定就已经去世了。

　　我和剑心认识很早，大概在 1987 年以前。怎么认识的，真的忘了。但《北回归线》创刊号的一千元经费，确实是我开口，然后剑心毫不犹豫地给了我。作为感谢，《北回归线》创刊号的主编便挂上了王建新的名字。

　　我永远记得的是在中北桥（现在的杭州游泳馆附近），我和剑心站在桥上，我向他陈述我要搞"北回归线"的目的和想法，我一定很激动，而他一直静静地站在旁边听着。等我说完，他说：好的，后天晚上来我家。事情就这样定了。然后第二个记忆就是去他家，他家应该在顶楼，就是六楼，就当时来看，他家其实不小，至少有两进。我坐在里间，就见不断有人来他家，进进出出很是繁忙。当时他在一个冰箱厂工作，而冰箱是紧俏物品，所以，只要能拿到冰箱，就能够赚到钱。我至今依然认为剑心当时应该是一位能够安排冰箱进出的人，或者叫供销科长？最后他进来，笑着对我说，现在大家都想生活得更好，冰箱的需求很高，所以，我还算有点钱。我看着，心里也有点安慰。

后来，就在2018年，剑心写了一篇文章，讲述他当时出这钱时的情况，似乎当时他的经济情况并不是看上去的那么好，只是因为相信我，又喜欢诗歌，就坚定地出资了。

那么问题就来了，当时他为什么那么说？是不是看我有点歉疚，他就故意那么说，目的是让我不要歉疚？如果真是这样，那只能说明剑心的内心也极为柔软，善解人意。而且也能够说明他就是一个真正的好人。以后几十年的交往，更加证明了这一点。

剑心的诗歌写作总体来讲偏向正统，他自己也知道这一点。所以，《北回归线》创刊以后，虽然每一期，我都几乎第一时间拿给他，但他却从来不拿出自己的作品给我。慢慢的，一直到近三十年，他忽然像换了个人一样，诗歌风格也大变，一批又一批的好诗歌从他的手中诞生，这些作品也几乎都收在了这本诗集中。他的新作，展现了一个全新的王建新。大家都为他高兴，我当然也是。所以，当剑心说，他准备出一本诗集，想叫我写序时，我说，那是当然啊，我由衷地为他高兴。

　　本来就是这样，好朋友一直写诗，谈诗，喝酒，聊天，或者旅游和下棋，一直到老去。但是忽然的，剑心就去了，几乎给所有人当头一棒。我当时都蒙了，真的过了很久，几乎要以天计数，才慢慢感受到，老朋友剑心，真的去了。

　　去了就去了。剑心，迟早有一天，我们也都会去的，你就是早去一些日子。只希望到时候，我们还能相互认识，还能坐下来聊天说地。

拉杂的事情还有不少，但我觉得可以了，剑心，你也不是个复杂的人，我们就此握手，等到书出来，我们一定会到你坟上，烧一本给你，你在底下慢慢看。

你的好兄弟：梁晓明

2019 年 4 月 20 日星期六晚上 1 点半于翡翠城

三月，王建新

方跃

2018 年 3 月 1 日，杭州水晶城 KTV 量贩店，我与王建新从十点起连唱带吃的，一起待了四五个小时。说"再会"时，天嘀嘀嗒嗒地下起雨来，我准备拦车走人，回头看到王建新熟悉得不能再熟悉的身形，莫名地突然有些恍惚。王建新一身灰衣，脸上的青色比以前更重，深紫色的嘴唇瘪了瘪，两条又深又粗的法龄纹夸张地在他消瘦的脸上斜跨至鬓角，他近来不知何故蓄起了胡子，养起了长发，使得原本就有些局促的脸上线条更显复杂。只见他从灰蒙蒙的电瓶车的座后盒里掏出件灰蒙蒙的雨披穿上，我不由自主地上前帮他拉了拉雨披后角，跟他叽里咕噜地说了些话，互相挥了挥手，眼见着他骑着车一溜烟地消失在三月灰蒙蒙的天际里……

记不清与王建新一起唱过多少次歌了。彼此会的歌也大致相同，常常从优雅独唱开始，而结束时吼着喊着合唱着。有时两人还不自禁地比唱较劲，看谁模仿得像，会的新歌更多，又看谁有技巧，情调爆棚。最后，往往是在《朋友》这类歌曲中，或碰杯，或握手，或拥抱。那天，因为时间宽裕，唱的都是翻箱倒柜后的老歌。我刚唱罢"光荣属于八十年代的新一辈"，王建新点了首《三月里的小雨》，"三月里的小雨淅沥沥沥沥沥沥沥沥沥下个不停……"

三月里的小雨淅沥沥沥沥沥淅沥沥沥下个不停。从这一天开始，雨不停地下。一个多星期后的九号上午，雨停了，却传来了王建新骑电瓶车倒地心梗而亡的噩耗。闻讯后我许久喘不过气来。"怎么可能？怎么可能是这样呢？"我喃喃自语，一抬头，看见阴沉沉的天又飘起雨来。

结识王建新正好三十年。三十年的好朋友、好兄弟，就这么说没就没了，一想起来就阵阵钻心般的疼。

2000 年，我的单位迁址于杭城凤起路，我在办公室做事，很快就与马路对面的锦麟宾馆熟络起来，与此常来常往的另一个原因是遇到了在该宾馆工作的故交"王总"，即王建新。

我是因为好友梁晓明要出首期《北回归线》而在一九八八年初与王建新相识的。我记得，那时，大家管他叫"王厂长"。对王建新的履历我至今没有深究，用"王厂长""王总"这样的称呼，只是我等朋友用商业社会不同年代的尊称来表示敬重。现在，大多"北回归线"的朋友都叫他"建新哥"或"剑心兄"，较之于对他的其他称呼又多了一些深情厚谊。很快，我与王建新的交往频繁起来，几乎到了抬头不见低头见的程度。于是，有事的照面渐渐地变成了没事也要聚聚，这种聚聚又成为相互之间的一种需要，一直延续到了这个三月的下雨天。我参加了王建新殡丧仪式，也细细地记录到了这个三月的雨整整下了近二十天。后来，我感觉，这本该诅咒的雨绝对是代表了我和朋友们在这段时间里失去建新后的惆怅之情。

　　我和王建新认识几年后，交往日渐增多，彼此帮忙成了经常性的事。所办的事，有私事，有公事，有好事，也有烂事。我请他办事，好像从来都心安理得，仿佛天经地义。办成了，搂过他的肩膀，在饭店里两荤两素以示庆贺。没办成，也从不责怨他，照样两荤两素以示犒劳。

2005年一天傍晚，企业连续的接待任务，人手不够用，我家老人又正好这时从外地来杭州玩，在另一家饭店也定了餐，我感觉把我一人劈成三份都对付不过来。那天，王建新正好在宾馆的餐厅里当值，我像找到援兵一样拉着他张罗开来。我注意到了他那天的打扮，一套半新不旧、不太合身的西装，裤管底部还卷了一两圈，更扎眼的是他穿了双亮锃锃的新皮鞋。当时，我除了说一些感谢的话，还说了一句恭维的调笑话："老总值班，穿新皮鞋哎！"可是，过了三小时再见到他时，他头发、外衣湿湿的，新皮鞋不见了亮光，有一只头部还豁开了一道口子，用绳子缠了几道。原来，建新不仅帮我把在他们餐厅里几个包厢的客人安排妥帖了，还去了外面我家人用餐的地方，帮我找了关系加了菜，账单打了折。那天晚上下了雨，他没带伞，又走得急，踢到了路边的什么东西，弄得他狼狈不堪。而我都是事后知情的。

又有一次，我们企业遇到了一件非常棘手的官司，证据难以获取，王建新看我很难的样子，就跟我说了一套另类的解决方案。我当时诧异于他的想法，还诧异于平时话不多的他此时头头是道，有些憨憨的他遇事时蛮有套路。过了几天，他很快帮我搞定了此事。这几件事对我后来的经事看人都影响颇深。行头随意，甚至有些邋遢的王建新平易近人，见谁都客客气气，对一般般交情的人都乐施善给，对友情，他十二分地看重。平时粗茶淡饭，香烟麻将，看上去不入流、不上档次的王建新，其实内心自有权重，自有天地经纬。

讲究的仪表和面目往往是高堂华屋的通行证，精致的生活和时尚又往往令世人趋之若鹜，而对这些不在乎，能够活在自己自由里的人，其生存之道该有多少周旋的技巧，该有多少平衡的睿智？！是的，面对世俗的人生，王建新似乎从来就活在自己的自由里。

　　"方兄"，比我大好几岁的王建新这些年来一直这样叫我，而我则叫他"建新"。我的手机里，王建新被设定在快捷键第七号数字上。在我的微信里，王建新被设置在"置顶聊天"栏。我们有很多共同认识的人，有共同的朋友；我们有很多共同的话题，有共同的爱好；我们有很多共同的好恶，有共同的秘密。我们有太多共同的岁月痕迹，时间再长也不可能被抹去，也不可能写几篇这样的短文就能填补像阴影般的悲伤、孤独、遗憾、失落。

　　建新走后，夜深人静时，我的耳旁会突然响起他特有的老烟嗓音——"方兄"。这声音一遍又一遍，而此时，天气一定在嘀嘀嗒嗒下雨。我眼前便会过电影一样：在昏暗的车间里第一次与他握手，他在念诗歌时如同小学生般手舞足蹈，他在"红子鸡餐厅"宴请"北回归线"众友，他和我在浴室里比试肌肉和手劲……

　　3月1日分别前，我把用了十余个小时画好的他的肖像素描画送给了他，他说画得很像，会好好珍藏……

三月里的小雨，淅沥沥沥沥沥淅沥沥沥下个不停……

2018 年 12 月 22 日，农历冬至，我和梁晓明、帕瓦龙、石人在杭州半山公墓王建新墓前祭奠他。回到家，夜里想到他又熬不住，起床给他写下几行诗：

指甲里嵌着黑颜色的泥

555 牌香烟夹在伸直的食指与中指间

对面而坐

微微一笑

瘪了瘪嘴唇

有点拘谨有点尴尬

眼睛半眯半开

目光散漫

却从容不迫

坐姿安稳

背景是三月

所有的鲜花化好了妆

所有的嫩芽都在彩排

我们从梦中醒来

为你撩开早春的雨幕

点燃未尽的烟蒂

再燃烧一本你的诗集

2019 年 4 月 22 日于灯下

诗人剑心的五张脸庞

刘翔

1. 一个背影，一种光芒

剑心是猝然离去的，他倒下了，离开了他的亲人、他的朋友们，离开了他正渐入佳境的诗歌写作。2018年3月9日上午，大约10点钟，诗人剑心骑着电动自行车行进在路上，忽然心痛难忍，倒在路边。他那么朴素，往来的人们，只是发现有一位"大伯"倒下了。一位普普通通的杭州大伯，他倒下，来不及多挣扎一下。

在诗人梁晓明的悼词中，有这样的文字："大关小学的学生们那天都穿好了整齐的校服，等待着建新前去给他们开课讲授儿童诗歌写作。若是正常，建新将给他们开讲一个学期的儿童诗歌的课程，但是，这些孩子们永远等不来建新的讲学了……还有卖鱼桥小学的孩子们，也再等不来他们喜欢的建新老师了……"是的，这些学生们等不到他来上公益课了，是的，亲友们的身边也再没有那一张沉默而诚恳的脸。可是，一种质朴的光芒从没有在任何一个认识剑心的人的心中消失。

剑心有一个和他的外表一样质朴的人生简历：1954年5月5日，满族血统的剑心出生于杭州一个普通家庭，兄弟姐妹五人，他排行老三。1961年至1966年他就读于杭州铁路一小，1966年至1972年就读于杭州第十二中学，1972年进入杭州无线电材料厂担任机修工，1985年调入杭州友谊冰箱厂任基建科长，1998年进入杭州红子鸡酒店担任经理，2008年转入杭州锦麟宾馆担任经理，2014年至2016年担任杭州新庭记酒店经理。

而从文学创作的角度来看，如剑心自己所说，他是属于起步早而觉悟晚的一类。二十世纪八十年代初剑心开始写诗，但直到最近十年，他才把写诗当作人生的主要目标。不过，在全情投入诗歌创作之前很久，他已经是浙江先锋诗歌的"酵母"了。关于这个，还得从他与《北回归线》诗刊的因缘说起。

众所周知，剑心对当代重要民间诗刊《北回归线》的创刊起过重大的作用。1987 年他掏出相当于两年的薪资成就了第一期《北回归线》。

就如从简历中看到的，1988 以后，剑心更多地投入到了现实生活中，写诗比较少，甚至《北回归线》的前八期都没有出现剑心的诗作。但诗歌的种子，并没有在剑心的心中泯灭，反而在他生命的最后几年越来越旺地燃烧起来。

探索剑心的诗歌的脉动，首先得从他的生活中寻找，总体而言，他是一个内容远大于形式的诗人，剑心丰富的生活体验令他的诗歌充满了思考、批判和渴望，我们将在文章的后面展示在他的质朴的面孔后面那一张张不平凡的脸。但在美学的追求上，我们可以发现剑心与"北回归线"诗歌主将梁晓明是如此心心相印。在《读〈披发赤足之行〉》《读〈死亡八首〉》等诗作中，可以看到剑心对晓明诗歌的持续关注和真正细读，可以看到两位性情迥然不同的诗人在诗思上的相契：

当我追到北回归线

你没有当年那个夸父的不幸

不仅没有干渴而死

还在那片诗歌的蛮荒之地

开垦出一块属于自己的

可以丰衣足食的诗的良田

你把那些精挑细选的优良品种

无私地赠予我们

希望在我们诗的稻田里

也长出沉甸甸的谷子

——《读〈披发赤足之行〉》

　　在《偶遇》这首诗中，剑心提到了"另一个
我"和"另一张脸"，在现实的时间的门外，在他
生命的最后日子，终于锚定于诗歌这门艺术，那是
从他的灵魂琴弦上逸出的音符，那是他的心灵的

羽毛：

　　她的羽毛长成了我另外一张脸

　　这张脸　没有面具的僵硬

　　却散发着无私的光泽

　　我和另一个我

　　在上帝的手指上不期而遇

　　我们在阳光下形影相随

　　多少年来　没有一片乌云

　　能够遮挡这人性的完美

　　这是一张质朴的脸，没有僵硬面具的脸，是他的内心之脸，但是，在这张质朴的诗歌脸上也仍然可以找到不同侧面，这体现了剑心的赤子之心，也体现了剑心对人性之丰富性的了然和达观。

2. 一张历经沧桑的纯朴而有尊严的脸

　　首先映入我眼帘的是一张困苦的脸，被生活扭曲的脸，但这又是一张渴望尊严的脸。在《冀望的困惑》中，有这样的自白："是的，我很卑微/我常常屈从　受人摆布/还领不到一句称赞/我忙于奔命，忍辱负重/得到最多的却是冷眼和训斥//我寄人篱下，抬个头/都要看人脸色/有时连脚趾都要笑我窝囊/我这么逆来顺受/难道命运安排我/就在生物链的末梢"。但是，他没有想去报复那些势利小人："但我却会善待一切，宽容大量/我平易近人，虚怀若谷/尤其对那些曾给我羞辱的人/我更不计前嫌/我要让他们感到无地自容//我想过了/我干吗非要致他们于死地呢/宽恕对自己同样是/一顿可口的早餐/而对于他们/就未必是一粒摆脱内疚自责的安眠药//说实在的，在这世界上/我从没有奢望要得太多/但我只要两样东西：尊严和尊重/无论睡着还是醒着"。这是他十年前写的诗，非常质朴，在美学追求上还不是特别现代，却可以看到剑心为人的基调。

　　这种质朴而有尊严的个性，在他的《丝瓜筋》一诗中得到完美的呈现："在很小的时候，只要有一点依附，/你就可以攀延，/无论风雨，你依旧，在不着边际的/想法里，舒筋展骨，/长大后，整整一个夏天，你安静地，/饱读太阳的经典，/你修身养性，像得道的高僧，变得/沉稳，虚怀若谷，/当你走完这一生，最后脱去那件/绿色的袈裟时，/你满腹的经纶，让成熟的向日葵/不由地，向你鞠躬致敬"。杭州或江南本地人都知道丝瓜筋是用来做什么的，我们的母亲们用它们来擦洗污垢，擦洗完污垢后，丝瓜筋总是那样蓬头垢面。可是，蓬头垢面的丝瓜筋内心是高洁的，它们曾攀登得那么高，曾"饱读太阳的经典"。

　　而在"北回归线"诗群，剑心也是这样一条不起眼的丝瓜筋，他是"北回归线"的创始人之一，却从未寻求中心地位，他耐心地、默默推动"北回

归线"的发展，却从不以功臣自居。他相信，他将
是一只质朴的瓦罐，来自贫穷的土地，它厚道，它
宽容，它质朴："它的基因，来自贫瘠的山里/土窑
简陋的装束，成为它出身的标签/它没有带点釉色的
衣裳/满身一楞楞粗糙的指印/嵌进它的肉里/留下的
疤痕，却透着质朴的光/你看到它憨厚的口唇/就知
道它有多厚道//它是个忠诚的仆人，它的智慧/不仅
在于，容纳，而且/懂得奉还/托付它的，它绝不会
私吞，它可以/终日饥肠辘辘/却依旧保持宽容的状
态"。在诗友之中，他感受到他的尊严得到了满
足，大家也感受到了："在这木讷的外表下，它还有
一颗/子宫般的野心"，于是，在近些年，他越来越
全心投入写作，常常工作到凌晨。

3. 一张辩证的脸

剑心是质朴的、温和的，在他沉默的外表下，
有巨大的丰富性。他的第二张脸孔是辩证的，这体

现了他从生活中感悟到的真理。生与死、卑微与伟大、真诚与欺骗、凌辱与自尊、诗歌与社会、爱情与背叛、乌托邦及其反面等等，不一而足。而这些辩证法在他的诗歌中无所不在，有时，他以白日与黑夜这一对意象的简单的对峙与交合来展开他的诗思。

《白日和黑夜是一对跳着伦巴的舞者》《白天和黑夜》等就是这样的作品："在我看来，白天和黑夜，从来不是/一对死敌，它们的疆界，从不设防，/而且，白天和黑夜，犹如情同手足的/同胞，相互包容，/你会发现，阳光总会在它的背后，留出/空间，让黑暗的影子歇脚；/一到了晚上，黑夜也常常把星光涂抹在/脸上，让月亮端坐怀里；/它们亦如夫妻，相敬如宾，你给了我一个最长/白天的夏至，我就还你一个最长黑夜的冬至；/它们更是举案齐眉，把一个没有裂缝的一天，/恭敬地给了无常的岁月。"（《白天和黑夜》）

在这黑夜与白天的交织中，剑心更愿意是一只萤火虫，那么弱小，那么微弱，在黑暗中给自己重生的机会："它等待天黑，在这夜色充盈的晚上／它就会像一盏灯笼／将自己点亮，／尽管微弱，但它的持久／正缓缓穿过山谷的身体／灼痛了空气，／它那飘忽不定的踪迹／仿佛美妙的旋律／终究成为黑暗里闪亮的音符／／我知道，它虽然自带光明／却惧怕阳光，因为太阳／会嫉妒其他所有的光源／夜幕下，难怪它亲近黑暗／它一直把星星当作同类，／在对黑暗的依赖中／它每一次现身／都给自己一次重生的机会"。（《萤火虫》）

4. 一张乌托邦之脸

剑心作为一个从激情燃烧的时代走出来的诗人，他确实有比较强烈的乌托邦情怀。他的《灯塔》中有这样的抒怀："在孤岛上／你矗立成一把利剑／每次亮剑／你都戳痛夜的神经／／被撕裂的黑暗／留下硕大的窟窿／海的皮肤　因为你／才有了律动的光亮//你是倒映在海里的星星/在星星眼里　你更像是异类/而在我的眼里/你就是我前行的勇气"。这样的抒情和豪情，有他自己时代的印迹。这样的诗还有不少，比如《信仰》《白鸟》等，在《花逝》和《石榴花》中也有，只是在女性之光中显得柔和了。

《灯》写得比《灯塔》更好，因为，它把时间和现实的阴影带了进来，写得质朴而有哲理：

　　　天已经黑了,屋里显得格外昏暗

　　　我照例去打开那盏台灯

　　　每当此时　那是它最兴奋的时候

　　　而我的书桌又会露出真容

　　　但今天它却如此静默　没有反应

　　　四壁依然隐没在一片黑暗中

　　　原来是线路出了问题

　　　灯和我一样　只有无助地等待

远处灯火通明　歌舞城的霓虹灯

又眨起了狡黠的眼睛

我忽然想到　再明亮的灯

没有电　还不是一具

被墨色戏弄的躯壳

而一旦通电　再丑的灯

也会让黑暗蛰伏

5. 一张洋溢批判精神的脸

在剑心质朴的外表下，也有一张批判与反思的
脸，这是他超越一般乌托邦写作的地方。他的许多
诗歌，如《理发师》《鸟笼》《玩》《静物》《浮躁》
《季节的赝品》《海报上的人物》等均是佳作，体现
出剑心诗歌最有现代感和最有力量的一面：

我这颗头颅,从小到大

被无数理发师玩弄于股掌之上
成为他们表演的道具,
我知道,赞许的目光
有多少次在飘落的碎发里
佚散了太多的机会
——《理发师》

饭来张口的日子,让它记起了觅食的
辛苦
从那一刻起,它被阻断了通往天空的
自由
你看到,笼骨正一点点刺穿了它飞翔的
权利
——《鸟笼》

生存法则里
一直上演着玩与被玩的博弈
规则只是掩人耳目的把戏

而潜规则才是躲在
套路背后冷笑的真正玩家
——《玩》

在《静物》中，剑心批判了人类中心主义，那牛头白骨在控诉着人类：

而我更震惊于一场杀戮
是谁让它身首异处？
在将牛头成为静物前
猎手已将自己的灵魂追杀
因此　最应该成为静物的
首先是那把举起的屠刀

《握手》是剑心最优秀的作品之一，他以罕见的简洁写下了对这个冷酷社会的思考与批判，在苦涩中发出冷冷的光芒：

冰冷的手从冰冷中醒来
它模仿我离逝的手掌
让我体面地露出完整的手臂
至少能做出常人一样的姿势

僵硬的手掌,没有关节
连藕断丝连的神经也没有
我的手臂和我的手掌
一直隔岸相望

这只手掌中的赝品
曾无数次想走进握手的行列
因为怕被识破
也无数次逃回我的袖管

它对握手已经非常生疏
与陌生的手掌相握
往往被冰凉的陌生

生生排斥

每当夜晚,我会想起

我那双曾经手指飞扬的手掌

我凝望着这双假手

感叹,它给我带来某种尊严

6. 一张朝向故乡的脸

　　最后的一张脸,是一张比童年更早的脸,深深埋在剑心的内心。这些年,在越来越多的日子里,他向自己血液中埋藏得最深的那张脸游去。

　　《方言》是一首寻找自己声音源头的诗,也是剑心最感人的力作:

满语　曾经是旗人的光环

辛亥年　武昌起义

"反满"的阴影　笼罩着

杭州城每个旗人

方言　成了旗人的魔咒

成为他们避而远之的瘟疫

旗人纷纷收敛起翘舌的卷音

像藏匿旗袍一样

将乡音掩埋在咽腔的底部

不敢在汉人面前有半点流露

从此　杭州方言代替了满语

成了他们的家乡话

其实　这道裂痕

至今一直将我

与我的祖籍和故土劈为两半

作为旗人的后裔

我对满语完全陌生

小时候　奶奶也从来不教

而她常常会操一口

我听不懂的方言自言自语

仿佛怀念甚至嗣守

这难以复活的乡音

我从牙牙学语　杭州话

就成为喂养我的母语

她给了我许多表达的养分

甚至为我的口音

烙上了地方的印记

每当我说着杭州话

总觉得自己被一种方言遗弃

而又被另一种方言收养

　　建新认为自己的祖上来自满洲里，当然，也许这是他的幻觉。

　　近年来，建新思乡日切，向许多朋友打听满洲里或东北满族自治县的近况，他正在策划做一次寻根之旅。按照计划，大量的类似《方言》这样的佳

作将源源不断，可是，他的计划中断了。他离开了
自己的写作计划，但灵魂，已经返乡。

评剑心诗歌《我依然是一抹耀眼的绿色》

沈健(著名诗歌评论家、教授)：

《我依然是一抹耀眼的绿色》，这是一首充满普希金色彩的诗，七个段落，五十一行，以活在春天以外的"一抹绿色"自况，抒写了不畏时间的拷问与挤压，自强不息，勇于前行，相信未来，拥抱挑战。这与普希金的《假如生活欺骗了你》一诗，基本属于同一类型："假如生活欺骗了你，/不要悲伤，不要心急！/忧郁的日子里须要镇静：/相信吧，快乐的日子将会来临！"

诗人坚韧而执着，用"真理去索求滋润嗓音的甘露"，滋润"干涸的喉咙"，不失动力与信念；成熟而自信，"像被仙人掌所握住的""云彩"，不失个性与锋芒；诗人果敢而坦荡，面对"暴风骤雨"，保存"一壶有尊严的水"，不失"年轻的状态"；诗人温情而多思，依凭"杨柳的新芽""箴言"中，"向过往的一切致敬"，不失柔软之心。这是一种对生命的敬仰，对仁爱的皈依，对希望的葆有，对时间的尊重。

据诗人介绍，这首诗是为"知青"战友五十周年聚会而写，是一首青春祭奠与追忆之作，既是一个往昔的终结之作，也是一个时代的开端之作。诗的听众对象大多是老之将到、被侮辱被损害的那一代人。诗以"一抹耀眼的绿色"为意象火星，贯穿诗歌全程，如同交响乐的主旋律句，层层推进使主题深化，情感强化，起承转合中激荡人心，腾挪跌宕中皴染灵魂碰撞，直到结尾时浓缩成一粒"绿色火种"，给人以光明的信仰与信心。

诗虽写得传统，少见先锋技巧，不太讲究修辞，却荡气回肠，震荡肝胆。因此，我们说，诗歌打动人心并不在技术是否前卫，而在诗本身传递的情感与价值是否深入人心！

梁晓明（著名先锋诗人）：

剑心的诗歌永远像他这个人，坚定，沉稳，公正并且热爱行走大道。他的诗歌从来都是正面开启叙述和舒展，情感、批判、思考也都永远在一个大社会的层面上展开。就像一个时代横截面，一个时代的喉咙。那些小情小怨似乎离他很远，或者说他内心有一个更大的愿望以至于早已超越了很多个人的倾诉，虽然他的诗歌表面上讲述的是个人的情感，但这个个人却隐含着一代人的境遇、挫折和喜乐，以及永不肯熄灭的希望。

刘翔（著名诗人、诗歌评论家，浙江大学传媒与国际文化学院副教授）：

王建新的诗歌里一直有一种激情，一种压低了的、被时间的溪流冲洗过的激情。被斩首的激情，也仍然是一种激情，它是岩浆的冷却，也是来自冰川时期的针叶植物的种子。《我依然是一抹耀眼的绿色》也是一首这样的诗，它歌唱了越过了春天和青春的绿，歌唱了那种被阉割过，但仍然顽强地存在着的激情。诗中的绿非常特别：这是艰难的绿，仿佛是悬挂在仙人掌的怒刺间的破碎的云彩；这是白发的绿，越过理想和理想给予的种种欺骗，越过生活的平庸和岁月的冷漠，在内心重新找到的黑发和豪情；这也是迟到的绿，那么迟，以至于它几乎还只是种子。

春野(旅日诗人、作家、书法家、画家)：

这是首"三环外"的诗作。何谓"三环"？即诗歌的意象、图式、顿数旋律所构建的音乐美、建筑美，也就是所谓的"诗歌三环技巧"。然而，这首诗歌在三环技巧以外所展示的散文和意识流冲撞的意识，将诗歌作品引向智慧创作，即创造力的原动力究竟是什么的问题。什么是创作的快感？或许，当智慧和你的创作意图握手的时刻，美感通过视觉、听觉在你的血液里扩张，满足，无法以语言描述呈现。剑心的这首诗歌将重新启发人们对诗歌阅读的理解，由此我们必须将文人情趣的欣赏挪走，成为阅读的上帝。现代诗歌的故事是意象世界充满密码，诗歌的语言是诗歌灵魂的信号灯。

邹晏(诗人、高级经济师)：

"我依然会执着地守候/因为 那一抹绿色/是我心中逼退寒冬的/最耀眼的绿色火种"。这是从心底涌出的诗句，诗人如果爱上绿色，他的激情将持久地保持，对于一个成熟的诗人来说，绿色催化了激情，激情催化了诗行，诗行催化了生命，而同时这首诗的抒情性则是由青春、衰老、欢乐、兴趣和智慧糅合而成的一首合唱。

"无论是忽视 还是向往/哪怕春天遥遥无期"，诗人从一抹绿色开始层层递进的抒发，是一种对生命思考的方式，也在诗里蕴含了一个丰富的音符度向——生命最顽强的绿色颤音。全诗指向性明确，绿既是一种意象也是一种具象，在诗人青葱的岁月里把它揉进了他的体内喉咙，发出向"真理去索求滋润"的嗓音。诗行见性情，诗人厚道质朴，而灵感正来自这文字的厚道、内心的质朴以及人间悲喜的故事，而从自然万物本来之象而言，这也正是诗的朴真处。

题剑心《我依然是一抹耀眼的绿色》

陆陆

多数珍贵只因为稀罕

绿除外

绿不嫌

人总是看不见他们已拥有的

绿除外

绿永远耀眼

漫野满城终成油腻

绿除外

绿几乎是美本身

跟春天同至，随后绿了江南

可"活在春天以外"的剑心们，也不缺绿

当所有真被揭露为假

当所有热情蜕变成"我不相信"

当荒诞贯彻一生

绿除外

绿几乎是信仰

驰往意义的路上

绿不限行

所以他的语言由沉重变得轻盈

所以他的思虑由沉重变得轻盈

所以他的想象由沉重变得轻盈

像挂满枝头的绿

像离开枝头的绿

是绿在飞

那一抹

死亡集

王自亮

力

——仿狄兰·托马斯

让热血喷薄而出和樱花绚烂开放的
是相反的力。
让大地回春和人们死去的
是同一种力。

隔离

站在剑心躺着的灵柩前
看到了他无比清晰的面容
比所有时辰都真切
但他对我哀伤的目光没有反应
仿佛我们远隔万山
他的灵魂是真的，我的身体是有感觉的
他对我的哭泣无动于衷

166

在另一个房间

他朝我点头示意，欲言又止

分手

先是邢强走了

这个当过海关关长的人，我的挚友

插队时就认识，同一年考上大学

走的时候他带走了

部分欢乐，稻田、街角和码头的记忆

接着江一郎走了

这个下岗者，香烟店老板，仗义之人

工作后认识，交情35年之久

走的时候他带走了

推杯换盏之娱、活力和诗艺

又接着是剑心走了

这个酒店拥有者，流派资助人，叶赫那拉氏后裔
中年之后认识，相识才五年
走的时候他带走了
中晚年期艺术"变法"，对生活的认知、热爱

那我现在还剩下什么呢？
大地消沉，天空寂静，生活的背影。
今后，我又如何面对自己，当他们都不在？
时间变形之时，也许是死亡的开端。

每一次打击都掷地有声，每一次！

殡仪馆的七副面孔

对于殡仪馆
我曾在一首"挽歌"中这样写道：
收容者，劫掠者，骗子，诱惑者，哭泣代理人，鳄
　　鱼，风。

现在我要说的是——

殡仪馆何罪之有？它只是我们所不熟悉的面孔：

死亡的意象。

2018 年 3 月 13 日，杭州

浮梦记

——致剑心

郁雯

松鼠在半空的树枝上跳跃

一会儿就寻不见

西湖在远处，或近旁，一片片闪亮

一会儿就陷入寂静

孤山的梅花开得茂盛

一会儿以后，孤独的倒影成行

他把月亮投进丽春黄酒里

远山淡云渐渐地明晰

转动的餐桌犹如命运

忽然，一方春天晦暗地坠落

一会儿就寻不见

一会儿就陷入寂静

一会儿以后，孤独发出新芽

他在天边沉睡，从诗中醒过来

一点点地剥掉沉积的人间悲喜

与粼粼的波光竞相追逐

仿佛明亮的生活仍将继续……

2018 年 3 月 12 日

最后的晚餐（外一首）

——致剑心

赵俊

她说，这是最好的道别
在最后的晚餐。我们在
宴席中，见证诗歌的脉络
是如何在西湖边延伸
如何在倒春寒之中，冲破
季节的封锁线。那是对梦的
斑斓渴求。而你的倒下
使我们的生活，变成黑白底片

在过度曝光中。被抽离出
颜色的汁液。她拿走了
你的丽春黄酒。这动人的名字
在演绎春天，盛大哀伤的序曲
当喉结吐纳出爆破音。夜晚的虫鸣
都成为混音。在你离开的时刻
玉兰花在夜色中，向天空
伸出白色的帆布。和来时
粉色的梅花，形成红白喜事

一样强烈的对比。那戴孝的树枝

曾是你词语的温柔乡。在暖风
快要北上的时刻。东南亚洋流
都在等待日历撕扯的声音。在
风暴内部。有一个总开关
它高于一切律令。就像你带来的
剑南春，在我的血液里被启动
在今后苍白的岁月，它将
鲜活如腊梅。在天空的染坊中
浸染我，这孑遗的南宋丝绸男子

诗人的挽联

诗人的挽联极为简洁
语言，在生之盛宴是最美的甜点
在死亡面前，却失去原有的味觉
它在禁欲的道路上，找到

自己的坐标。最后变成

乏味的字根。镶嵌在花圈环形的走廊
变成刑具，成为绞刑架上
暗淡的魅影。我们在送别
一个词语的骑手。当他跌落在
生命的原野。词语的碳素
不再滋养这片土地，如今贫瘠
成为盐碱地。灵堂他肃穆的眼神
穿透音律的故乡。在制造没有修辞的
完美世界。那是在脱去文字的
黄袍，而不是穿上诗歌的锦衣袈裟

散句

小荒

死亡并不可怕

即使僵硬，还是那张脸

——那张脸，即使僵硬，还是你

我怕的是泪水

不受控制，而性情没有

守好那道闸门，顷刻间，内心就决堤了

我不怕死亡，但

我怕它带走空气的温度——那会让我寒冷

布法罗的雪

——寄剑心大哥

倪志娟

并非一场雪，使世界变白

它的存在，我们已悉知

抵抗，或顺从

这两种姿态难以区分

必须尽可能

将身外与身内之物善加利用

篱笆，窗帘，谨慎的言辞

保护弱者，也困住他们

有人头发花白，在屋前停下雪铲

喘息着，彼此问候

有人缓缓行走在雪铺就的小路

有人从汽车的后视镜

窥探他人，或者站在窗前

假想另一种生活

设计一场相遇，是困难的

我的此刻，与你的

二律背反

但风雪不会阻止送信人的到来

每个人，承受了时间的凉薄

迎接一场雪，如同

在便笺上写下隐形的心愿

2018 年 3 月 13 日

分别的那一晚竟然如此漆黑（外三首）

——悼剑心

帕瓦龙

实在难以置信，分别的那一晚
竟然如此漆黑
你独自走进了黑夜，再也不转身出来
你走得如此决绝，如此令人
措手不及，又如此让人痛心疾首
三月的玉兰花，雪一样绽放
迷蒙了双眼也刺痛我的心

裹满素纸的记忆，沉甸甸的
那些定格在你六十四岁
春天门外散佚墓地四周的诗句
从此，就像一群孤独无助的孩子
不得不忍受失去父爱呵护的茫茫空旷
兄弟，我们再也无法坐在一起
喝酒，饮茶，谈诗和聊天了
送你最后一程的那个早晨
我几次噎住，梁兄失声啜泣
众友泪眼婆娑……

实在难以置信，分别的那一晚

竟然是你的最后一晚

那顿你做东的晚餐竟然是你最后的晚餐

哦，分别的那一晚啊

为什么你竟然黑得如此彻底？

为什么一条鲜活生命

倏忽消失，永不回来

星光淡了，枝头开了，心头空了

人间的悲喜如尘埃无法停摆

北回归线上空吹来的风里

我强烈地感受到

你踽踽独行的身影和远道迁徙而来的鹭鸟

一同拥抱春天的欢声

你纯净剔透的灵魂

映染了天边血红的晚霞

2018 年 3 月 14 日

头七

——致剑心

剑心兄，明天是你的"头七"
我却依然没有觉得你走了

上帝给每人一个死亡的姿态
你却选择一剑封喉
如被一粒子弹凌空击中
什么话都来不及讲
就倒在了熙熙攘攘的街头
剑心兄，这一点不像你平时的风格
你从容、坦荡，喜欢抽着烟斗
慢悠悠地和我聊天
我知道，你退休后
一直在重新耕耘你心中最爱的诗田
你说你设定的梦境：要有几粒星子
淡淡的月光、绽放的莲花

和几行忽隐忽现来去无踪的诗句

最大的心愿是在今年下半年

出版你的首部诗集

现在，你什么招呼都不打就走了

独自一人，一身素裹隐入黑暗

你太急了

走得实在太急了

剑心兄，明天是你的"头七"

我不为你诵经祷告，我一个人

去我家隔壁的茶馆坐坐

在你经常坐的位子上

为你

沏一杯刚刚摘下的明前龙井茶

2018 年 3 月 15 日

明天你将与土地融为一体

——写在剑心下葬和冥诞前夜

你的血液来自遥远的游牧民族

你姓氏的祖先

更是一度颠覆了北宋末年的皇宫大厦

但大清的灭亡

你这个曾经风光无限的正白旗子孙

只能改姓换名成为平民的一员

从此，你的基因

透析出一种贵族和低层的杂糅之光

低调、朴实和侠义，像一口

深埋后出土的憨厚的瓦罐

你说你喜欢在黑夜里沉思端坐

那样，萤火虫就会格外耀眼

缕缕不绝的音符

就会绕着灵魂一点一点分娩诗意

从东天目山、指南村、富春江畔、乌岩头

朱家角、马勒别墅到海盐绮园

你像春蚕吐尽光阴

从没想过一剑刺心是你生命的绝唱

明天你将与土地融为一体

纵然隔着天界冥河

我相信你一定会在新的时空里

写完你未尽的诗篇

2018 年 5 月 3 日

冬至，去看剑心

冬至，去看剑心

是我和梁兄、方跃、石人

半年前定下的事

剑心一走

与我们九个多月未见面了

在半山公墓几万个先人里找到他

需要一点时间

剑心墓前，我们献上一篮素色鲜花

依次合掌祭拜

同他说，我们来看他了

石人点燃三支香烟搁在坟上

烟燃得很快

梁兄说，剑心一定是很久未抽烟了

竟然吸得这么用力

墓碑上没有他的照片

我只能再次想象

他生前和我说话的样子

2019 年 1 月 3 日

树与鸟(外一首)

——悼剑心大哥

歌沐

有时候我是截断的树根

一棵树上总有鸟儿
飞来飞去。春夏秋冬

有时候我不知道眼泪从哪里来
如果把手伸进身体就掏出一窝鸟
一劳永逸。多好

有时候我不知道如何同情一棵树
坏死了鸟也不会飞走。既然
它们从来没有飞来过。

2018 年 3 月 12 日

骑电瓶车五分钟

——悼念剑心大哥

餐桌旁人们闪耀光芒
唯您落座的方向
光线汇聚，明亮得
发不出光

人们都与您不熟
我只不过举杯，喝茶
像您的模样

临别与其他人同路。文丽姐说
见我特意与您拥抱告别

"剑心大哥，您路上小心"
"没事，我家近，骑电瓶车五分钟"

这是您予以我

在人间，最后的教导

五分钟路程

2018 年 3 月 15 日

大白话：剑心，走了？(外一首)

梁晓明

剑心，走了？

还有那么多事没完，就走了？

《北回归线三十年》还未出版，你走了？

地铁诗歌北归车厢进一步交涉中，你走了？

邹宴母亲那个学生，那个海宁老板要投资北归，

你说这个月就去谈，还没去，

就走了？

杭州几所小学都等你去讲儿童诗歌，刚开讲，

就走了？

招呼都不打一个？

方跃的艺术中心等你张罗，计划都好了

这是老了的安身计划，你竟然走了？

《雍正王朝》的十四阿哥，演员天明前天来电说：

刚录制好你的一首诗歌，准备和你说一下

但电话你总是不接，怎么回事？

听说你走了，他问：他走了？

你就这样走了？

这是你吗？

这实在不像你。

因为你不是这样

天上有什么更大的事情要你去做吗？

如果是

你来我梦中讲一下

否则你就太不讲道理了

但你不是这样的人，所以，

我等你来。

非大白话：剑心，喝

手指上跌落一滴水，屋檐下，少了一种眺望

池塘向岸边，再多涟漪也到不了脚边

你的脚太远，风吹树梢

落叶从此也缺了一片

去吧，梁健肯定叫了朋友

在那摆开欢迎宴席

可惜你不喝酒

只是这人间

少了一瓶饮料

杯碰饮料

少了一声：喝。

生死距离

—— 缅怀剑心大哥

许春波

看你从固定的时刻，起飞
声音凝固。穿过一个廊桥
梳理着，温暖的阳光

菁华部分，弥漫长出
你坚毅的笑，推开轮回向阳而去
余光采集起来，照亮我们的俗世

一点烟，袅袅飞起
越过黑与白的界限，种子破土
大路小路，都开始隐去

眼光微闭，肉身开始轻盈
我们举起花，举起诗句
坐禅的佛者，开始接引指路

不远不近，不再行色匆匆
路上的景色，想必是悠然地招手

借此，一路高歌

山高水远，隔着短的别离
当然，我们还会相聚
在淼淼的空中

其实
我们还是抿着嘴，水光晃动
强压下，一声叹息

寄剑心

林荫

赏花，不是因为醉花阴

而是为了转移

一江春水

载不动

几多痛

几多愁

每个人都将一个人老去

——悼念剑心兄

章平

你一个人老去，每个人都将一个人老去
后一分钟比前一分钟减少自己
虚空在身边活着，没有多少人去看空虚
时间并没有被分裂为过去与未来
你的未死之谜，它一直挂在明亮镜子里

其实这泪水并无理由

——致建新大哥

阿九

偌大的餐厅里，几百人有说有笑地

吃着午饭，而我咀嚼着一份悼词，

瞬间泪流满面。

我哭的不是你远去的目光，

而是你灵魂分娩时那种光荣的阵痛——

那全新的生命奇观

让我动容。

我们之中，有人正在诵经祷告，

有人在第一篇悼词写成的一刻终于成熟，

有人想着回国，一个深藏的理由是

便于参加彼此的葬礼。

而你躺在花丛中，

你的生命配得上一场盛大的庆祝：

"我的大哥""挚友""老师""兄弟"

"我们青春革命的政委"，所有的呼唤

仅仅让这泪水变得更无理由。

而那份思念是真切的，可触摸的，

正如这襁褓中啼哭的婴儿。

我关心的是，面对这诗神感孕的新生的你，

我该如何称呼。

2018 年 3 月 14 日

我以僵硬保持对伤痛的缅怀

（日记：3 月 9 日）

伤水

1

你离去的上午，我正在杭州

为解决我右臂的去留

没想到你整个人都去了

还有多少伤痛可以随我右臂存留？

左腿给我的经验是：重要的不是治愈

而是带着伤病在世上瘸腿行走

右臂应该获取另外的体验——

比如：断臂就是抛弃伤痛。至少，

决绝是种哲学

当我从手术台上艰难落地

庆幸全身器官仍在

而你不在了，想发你微信问问

就像你时不时发我诗作

我会说：写得啰唆，应该藏点东西。

现在，你，是不是把自己都藏起来了

2

人生无常啊，生命脆弱。重看你我微信
每次你都叫我"保重身体"，而我
没有一次提醒你保重或者保轻
你不喝酒，烟也少，这两年头发留长
而身板一直精干
就像晤面时你精简的话语
我都不记得你讲过什么和什么

一反常态，你在微信上滔滔不绝
每次都是你发起，每次都是谈诗
像两个天外来客
人间烟火只是遮掩自己的假象
你对我的一些不经意之作，一通通地感慨
很多评价，我好像首次发现

为自己的漫不经心，我深深自责

好在最末一次谈诗，我给你由衷的赞扬

我乐意抄下你的反馈——

"晓明、老帕和你观点一样，

认为这几首诗体现了一个质的飞跃。

如你说的更有张力和现代感，

诗行排列也有形式感和节奏性。

感谢您的赏识，我找到突破自我的方向"。

你比我年长十一岁，却比我砥砺精进无数年

环顾四周，全都是方向

谁在阳光中诵读我？左腿沦陷，右臂垂落

前方道路，寥无人迹……

3

从大夫那出来，只能侧首路旁植物

一个季节的嬗变悄然进行

尽管无数次演习，我不因习以为常而厌弃

我仍心存一丝苦涩的欣喜

就如头颈和右臂习惯性地僵硬着——

正常是来之不易的。

我以僵硬保持对伤痛的缅怀。

我警示自己：人总是好了伤疤忘了疼

而你，有多大的决心

突兀地离开……

或许，你正在暗自分娩——记起你写到

"不到灵魂分娩的时候

死亡　不会现身"

蹲下身子。我暗自等候第一声啼哭

剑心

谢鲁渤

有一颗心扶剑长叹

有一把剑心存高远

诗歌这东西，行路万里，花开一时

教人直面生死，无力回天

本该春风送暖不吝争锋

说好的方遒，却道挥斥难再

有一把剑，诗情锻造其心

有一颗心，借诗还魂其剑

挥挥手不带走一片云彩的此心此剑

温暖长在，光可鉴人

2018 年 3 月 10 日

离别竟然是永诀

汪剑钊

死亡也并非是所向披靡

——狄兰·托马斯

离别竟然是永诀，

泪水可以耗尽整个海洋，

把高山冲刷成平地，

世界，在一声叹息中毁灭。

是的，相见之前你我即已相知，

诗歌命令我们抱团取暖，

哪怕在冬天也能领略春天的芬芳，

面对生存的艰难，

总是露出一丝倔强的微笑。

死亡占领了肉体，

但永远无法征服灵魂，

正如北风吹落枯叶，

却不能拔掉每一棵树的根须，

甚至，哪怕连根拔起

也不能抹除树荫下的土地……

只要我们活着，

你，就是不朽的大哥。

遥寄剑心哥六首

邹晏

题记：我相信宗教，在人间，它是一首送葬的、抚慰人心的歌；我相信——死亡不是失去生命，而是走出时间。我们只是在时间中彷徨，从诞生到死亡。无所谓生也无所谓死。我和剑心哥一样，一点也不害怕死亡，活在世上我仅剩不畏惧死亡的勇气，我悲伤流泪只为痛失挚友，失去后才知剑心哥的珍贵……

1. 孤独者的春天

有一种迁移的寂寞眼神划过
沁芳桥的脚踝，刹车的前方
一株玉兰树开出了
白色的花朵
这个春天多么忧伤，围墙里
垂下柳枝的头颅，电瓶车默默无语
当月亮凋落在这个三月，春天的

另一种桃红色

在孤独者决绝的眼睑下沉眠

映出陨落使者的残辉

2. 城市面膜

那家西溪路以西以最快速度为

死亡和死者化妆的殡仪馆告知：

安息吧，剩下的事我们会办

此刻，剑心哥回眸，巨大的眼皮

看向杭州：

红和白是"一对跳着伦巴的舞者"

光彩夺目的婚礼用品商店，一个蜡制

模特报以僵硬的微笑

我知道什么样的反差形象可以滋养

一张城市面膜

3. 碰杯

恰好"三八"妇女节

恰逢一个远方诗人的约聚

恰如不期而遇是冥冥之中的伏笔

丽春、剑南春碰翻了易碎的春天

今天,拱宸桥头也不回

轻轻跨过运河

新庭记、豆腐饭、你的空位

再次碰杯,你已归于尘土

来自人世间,翻山,渡河

拥抱,告别

也最终

与死亡达成了和解

4. 轮回

这件衣服超出了我的理解力,穿上

清朝的对襟绣衣

你说，你就是满族人，你怎么突然

以衣服的方式和我说话，随身

带着的一种袖珍戏剧

就像从阳子的停觉画《死亡之花》

再认识新死亡诗派

你便不慌不忙，从死亡

自然过渡到轮回

你的脸庞难以形容

你在别处生活着

——穿着我记忆中的满族衣服

5. 倾听

一滴水从佛塔落下

一群蚂蚁在草丛里搬巢

一阵微风刮过空空的椅子

行香中盘坐默念，修行

不分僧侣、诗人，都是一辈子的事
走过天空的十字路口，心如木鱼
轻跳，剑心哥，你听见了吗？
那是禅钟敲出的磬音

6. 梦

剑心哥曾说：
梦是可以由自己设定的
今晚你独行的梦境，静悄悄

我在人间把脚步放轻
金粟寺为你落下的每一片
叶子，都有梵文

如果佛经里丢失了一个句点
荷塘里就结出了一颗莲子
沉入睡眠之海，做一个彩色的好梦

后记

倚剑西湖道望青草续诗

归心蓬莱台听觉音新生

　　——挚友邹晏泣挽

注："此刻，剑心哥回眸，巨大的眼皮／看向杭州"取用
梁晓明老师原句，"一对跳着伦巴的舞者"取用剑心
哥诗题。

离开以后

——悼剑心大哥

石人

离开以后，你的话音还在缓慢回旋穿行，

绕过我的耳朵，飘浮到天花板，

然后被轻轻弹回。有一些飘出了窗外，

在山坳黑色的春寒中跌落。我同时看见

你离开以后，那个木屋低矮了下去。

那陷下的部分并没有埋入更深的泥土。

那陷下的部分只是被刀锋一样的虚无

割断的你的彻夜的言语，等着我迟疑的回复。

给予你蓝色烟雾中的睡眠，是那么短促，

又是那么漫长和无期，这木屋陈旧的香味

听到飞鸟圆形的哀啼，开出白色的纸花，

在我胸口隐隐疼痛，试图要把你叫醒。

而你的另一个身体已经醒来，我可以看到

你眼镜后面的微笑，告诉我一切都安好。

下次在什么时候，要去哪里，还有什么人

如果有这样的行程，我会对你说得很清楚。

2018 年 3 月 15 日中午

你还会来吗

张革

我们换上干净的衣服

我们摊开书本

我们要听你用心跳的节拍

读出下一首诗

你来了

春天也一起来

你微微一笑

桃花就盛开了

你伸出双手

小溪就流过山冈

可是这一次

春天来了你却没来

你倒下的时候

整条街都变寒冷了

我们看到一束光

慢慢站起来

慢慢走过来

你答应会来就一定会来的

我们和春天一起等你

游戏

——悼剑心

远宁

这只是游戏

在游戏中你会发现

可以更加从容，可以漫步

远离尘嚣，让天边的光越来越轻佻

让大地平阔，树梢五彩缤纷

还有你犹疑过的道路，这一条

和以往的是那么不一样

那么随心所欲

就像窸窸窣窣的人间

在原地打转

像它们跃跃欲试

刻意与一束玫瑰保持距离

与这个空荡荡的三月

保持天真的距离

当游戏结束，春天的边界逐渐清晰

我仿佛看见，你正披髻而歌

走向斑斓的高处

2018. 3. 15

告别

陆陆

1

见，日西坠
双掬满盈
握紧却自成空
明亮从指缝溢出
无意间，高光在手背
莫名温暖

我将双臂伸向你
虚怀成抱

不解释
此前的告别，足慰平生

2

在一日之晨
很多事要去做
所有人在等
但你不再来

3

那天的阳光明艳
曾经的言笑晏晏
书页的折角未卷
已知的疑惑待解
丰满的故事仍在
相熟的醒悟酽酽

别给我任何机会

他在等，你不再来

2018 年 3 月 15 日

痛穿肺而过……

——悼念剑心大哥

储慧

乌鸦与剑两者都不能选

剑穿肺而过——万物凋零

乌鸦飞过枝头——白发如雪

当然，还有诗歌

你生命中最后的一抹亮色，如今

都已消失殆尽

三月，杭州的玉兰花又香又脆

而你突然的离开

让人措手不及

剑心大哥！ 去年年底的那一场北归盛宴

那一张合影

那一声：储慧好！

终将成为我们对话的经典

2018 年 3 月 15 日

218

附录2 "北回归线"诗群同仁众筹名单

（排名不分先后）

伊甸	张典	郁雯	歌沐
石人	王自亮	李平	郭靖
汪剑钊	梁晓明	方跃	刘翔
阿九	帕瓦龙	晏榕远宁夫妇	
林荫	邹晏	阿波	许春波
陆陆	红山	储慧	张革
王旅庆	章平	方石英	伤水

图书在版编目（ＣＩＰ）数据

太阳的光线被我搓得柔软 / 王建新著. -- 武汉：
长江文艺出版社，2019.11
ISBN 978-7-5702-1253-8

Ⅰ. ①太… Ⅱ. ①王… Ⅲ. ①诗集－中国－当代②随
笔－作品集－中国－当代 Ⅳ. ①I217.2

中国版本图书馆 CIP 数据核字(2019)第 214337 号

统　　筹：帕瓦龙　　梁晓明
责任编辑：胡　璇　　王成晨　　　责任校对：毛　娟
封面设计：吕袭明　　　　　　　　　责任印制：邱　莉　　王光兴

出版：　长江出版传媒　　长江文艺出版社
地址：武汉市雄楚大街 268 号　　　邮编：430070
发行：长江文艺出版社
http://www.cjlap.com
印刷：武汉市首壹印务有限公司

开本：880 毫米×1230 毫米　　1/32　　印张：7.375　　插页：2 页
版次：2019 年 11 月第 1 版　　　　2019 年 11 月第 1 次印刷
行数：3710 行

定价：39.00 元